Parkmord

 · Graphische Gestaltung Walter Pichler · Druck und Bindung R. Kiesel, Salzburg · Printed in Austria
ISBN 3-7017-0124-5

JUTTA SCHUTTING

Parkmord

ERZÄHLUNGEN

Residenz Verlag

M. G.

Parkmord

wie wir bereits in der Morgenausgabe berichtet haben, wurde in unmittelbarer Nähe der hinter einem Gebüsch gestern mittag grauenhaft zugerichtet aufgefundenen Leiche der siebenjährigen Schülerin . . . kurz nach 12 Uhr 40 ein Füllhalter aus dem Hause Altomonte sichergestellt: es handelt sich aber nicht, wie irrtümlich durch Rundfunk und Fernsehen verlautbart, um das im Herbstkatalog der eben genannten Firma als „Prestige 12 b" geführte silbergraue Modell, sondern um das allerletzte Modell „Prestige 12 c", ebenfalls in Silbergrau gehalten. die Polizei bittet um sachdienliche Mitteilungen, da manches dafür spricht, daß der Füllhalter unmittelbar vor oder nach der Tat dem Mörder verlustig geraten ist

Parkmord – polizei vor einem rätsel

die mit dem Mädchenmord im . . . park – bekanntlich wurde am 14. d. M. die grauenvoll ums Leben gekommene Schülerin . . . von Spaziergängern hinter dem Gebüsch beim Parktor entdeckt – betraute Mordkommission prüft pausenlos die seit dem gestrigen Aufruf an die Bevölkerung bezüglich des in der Nähe der Leiche aufgefundenen Altomonte-Füllhalters „Prestige 12 c" eingegangenen Anzeigen und Mitteilungen und ist, wie in einer heute mittag abgehaltenen Pressekonferenz mitgeteilt wurde, noch keinen Schritt weitergekommen: denn während das Modell „Prestige 12 b“ erst im kommenden Jahr von exklusiver Einzelanfertigung auf serienmäßige Produktion umgestellt wird, hat sich „Prestige 12 c“ (das – siehe auch unser Interview mit dem Obmann des Betriebsrates – im Zuge der Demokratisierung der Firma durch den Juniorchef von Anfang an nicht ausschließlich Industriekapitänen oder Mitgliedern des diplomatischen Corps vorbehalten sein sollte), wie der Geschäftsführer der der Bluttat nächsten Altomonte-Filiale unserem Mitarbeiter bestätigte, trotz dem relativ hohen PREis im gehobenen Mittelstand und in bildungswilligen Arbeiterkreisen stärker, als von der Kriminalpolizei ursprünglich angenommen, durchgesetzt, welcher Trend zu anspruchsvollen Modellen in diesem Fall die Arbeit der Polizei erschwert. wir wiederholen den heute über Rundfunk und Fernsehen an die Bevölkerung ergangenen Appell, jeder unserer Leser möge die Stichhaltigkeit der von ihm geplanten Hinweise zuerst anhand des Herbstkataloges überprüfen (Altomontekataloge liegen in einschlägigen Fachgeschäften auf. wir legen der morgigen Ausgabe einen Sonderdruck der zehn bekanntesten Varianten bei)

Parkmord – versagt unsere Polizei?

die von der Mordkommission mit einiger Zuversicht erwartete Untersuchung des in der Nähe des bekanntlich besonders grauenhaft ums Leben gekommenen Mädchens von ahnungslosen Spaziergängern entdeckten Altomontefüllhalters ist bisher ergebnislos verlaufen: aufgrund der charakteristischen Materialbehandlung des Füllhalters (feingehämmertes Silber, Anm. d. Red.) soll es zu einer Streuung der Fingerabdrücke gekommen sein. die kleine Schramme an der Füllhalterkappe, die von den Kriminalisten vorschnell als Indiz für einen verzweifelten Widerstand des bedauernswerten Opfers gegen seinen noch immer auf freiem Fuß weilenden Mörder gewertet worden ist, scheint, da ein von der Firma für Versuche zur Verfügung gestellter Füllhalter gleichen Typs (bekanntlich handelt es sich um das Modell „Prestige 12 c") selbst bei werkstättischer Behandlung im Schraubstock aufgrund der besonderen „Härtung", wie der Fachausdruck heißt, sich als erstaunlich widerstandsfähig erwiesen hat, von den Schneeketten eines Lastkraftwagens, der im Parkeingang reversiert hat, herzurühren. das Resultat der spektroskopischen Untersuchungen wird voraussichtlich mit Rücksicht auf die beklagenswerten Eltern und das Patentschutzgesetz nur in den für die Aufklärung des Verbrechens relevanten Details freigegeben werden.

parkmord – resultat der Obduktion

unmittelbar, nachdem das Gerichtsmedizinische Institut die Leiche der kleinen Volksschülerin zur Beerdigung freigegeben hatte, wurden Einzelheiten der mit Spannung erwarteten Untersuchungen bekanntgegeben: die in einem dank strengsten Sicherheitsvorkehrungen geheimgehaltenen Spezialverfahren veredelte Platinfeder des Modells „Prestige 12 c" bzw. aller Altomontegeräte läßt nicht einmal Schätzungen zu, ob überhaupt schon bzw. wie viele Jahre der „Altomonte" verwendet worden ist. eine zweite ExPeRtise, der vergleichende Spektraltests vorangegangen sind, bestätigt die „Aussage" des an jedem für den Handel freigegebenen bzw. gleitgeprüften Gerät angebrachten Gütezeichens, sodaß nicht einmal das Produktionsjahr ermittelt werden kann.

parkmoRd – wertvolle SpuRen?

wie wir eben erfahren, wurden in den gestrigen Abendstunden von einem aufmerksamen Spaziergänger in der Nähe der Mordtat vom 14. d. M. rotgeränderte Hautfetzchen in der Größe eines Kinderfingernagels und der Abdruck eines Bleistiftspitzers sichergestellt. verläßliche Resultate stehen noch aus. denn in der Frage, ob es sich um Relikte des verzweifelten Abwehrkampfes des Kindes oder um Abschürfungen des Triebverbrechers handle, gehen die Ansichten der Gutachter auseinander – einer vertrat unserem Mitarbeiter gegenüber die Ansicht, daß die Beschaffenheit der Hautfetzchen, wenn diese vom Mörder stammen sollten, auf eine venerische Erkrankung schließen lasse. lesen Sie auch untenstehenden Bericht vom Begräbnis des OpfeRs.

Parkmord – leidgepRüfte Eltern

der neue Generaldirektor der in einem Festakt während der heutigen Mittagsstunden zusammengelegten Unternehmen Altomonte und Regenbogen-Goldfasan hat unmittelbar nach der von der Bevölkerung mit Anteilnahme verfolgten Beerdigung des Mordopfers (bekanntlich war am

14. d. M. in der Nähe des Füllhalters „pRestige“ eine brutal umgebrachte Mädchenleiche entdeckt worden, Anm. d. R.) in ergreifenden Worten den leidgeprüften Eltern für demnächst die Überreichung des erst im Herbst auf den Markt kommenden Füllhaltermodells „Renommee“ versprochen und auch im Namen der traditionsreichen Firma erklärt, daß diese, wiewohl Materialfehler aufgrund der Röntgenkontrolluntersuchung jeden Gerätes auszuschließen sind, den am Tatort verlorenen bzw. gefundenen Füllhalter „Prestige 12 c“ auch ohne Vorweisung eines Garantiescheines gegen einen fabriksneuen auszuwechseln bereit sei.

Parkmord – eine neue Spur?

gerichtsmedizinische Untersuchungen der unter einer parkbank in der Nähe der MoRdtat vom 14. d. M. in dem als „Altomontepark“ in die Lokalchronik eingegangenen . . . parks entdeckten „Hautfetzchen“, hellrot, dunkelrot und orangerot geädert, haben ergeben, daß es sich dabei, wie der aufmerksame Finder, ein einundzwanzigjähriger Büroangestellter, sofort richtig vermutet hat, um hauchdünne Schnitzel der höchstwahrscheinlich mit dem Bleistiftspitzer „Präzision“ der Fa. Regenbogen-Goldfasan, jetzt Altomonte-Goldfasan AG., geschärften Farbstifte „Kirsch“, „Rose“ und „Mandarine“, Index hartweich, der kinder- und schmierfesten Buntstiftserie „Regenbogenpalette“ der Firma Goldfasan-Altomonte, einer renommierten Firma, handelt.

Parkmord – Eltern sagen aus

die Eltern des gestern unter Anteilnahme beerdigten Opfers – wir haben darüber in der Mittagsausgabe berichtet – erklärten übereinstimmend (vergleichen Sie die Photos auf der Seite gegenüber – rechts: am Kinderschreibtisch, links: im Gebüsch), daß ihr Kind wie die meisten Kinder der Klasse seit dem ersten Schuljahr Buntstifte der Serie „Regenbogenpalette" verwendet habe, ihres Wissens nie andere, und schluchzend, daß es den Bleistiftspitzer „Präzision" noch nicht besitze, bzw. aufschluchzend, nicht besessen habe – in seiner Bescheidenheit habe es die Bitte nur einmal geäußert, sie beide hätten ihm den letzten Wunsch zu erfüllen vergessen; jetzt wüßten sie, warum die Kleine die Buntstifte, die trotz der geringen Abnützung natürlich hin und wieder gespitzt werden mußten, manchmal erst in der Schule habe spitzen wollen (die Mutter der ehemaligen Klassenfreundin des Opfers, die bekannte Malerin A. B., bestätigte unserem Mitarbeiter telephonisch, daß das Opfer vor den Zeichenstunden gerne das Spitzgerät ihres Töchterls, den „PRäzision", ausgeborgt habe)

PARKMORD VOR Aufklärung?

eine vergleichende Untersuchung des gestern in aller Stille exhumierten Opfers und seiner vom bedauerlichen Vater als „tröstliche Erinnerung" bezeichneten Buntstiftzeichnungen von mit den Eltern erlebten Herbsttagen und Sonnenuntergängen hat eindeutig ergeben, daß Mörder und Ermordete dieselben, aber mit zweierlei Spitzgeräten geschärften Buntstifte verwendet haben, sodaß dic unter der Bank des sogenannten „Altomonteparks“ aufgefundenen Holzschnitzel auf eine vorbereitende Tätigkeit schließen lassen (ein Kinderpsychologe, dem unser Mitarbeiter – siehe die Farbreproduktion in der nächsten Wochenendausgabe – eine Buntstiftzeichnung des unglücklichen Kindes vorgelegt hat, hat die besondere Farbwirkung des Bildes mit dem der heiter stimmenden Leuchtkraft der „Regenbogenpalette“-Buntstifte verwandten fröhlichen Temperament des Kindes psychologisch erklärt)

parkmord aufgeklärt

der Mörder der so grauenhaft ums Leben gekommenen Schülerin ... wurde heute nacht dank der Aufmerksamkeit einer Verkäuferin festgenommen (er hatte, wie in der Morgenausgabe berichtet, in Unkenntnis des neuartigen Füllsystems der Altomonte-Füllhalter der Fa. Altomonte-Goldfasan einen Tag vor dem Mord den in einer Pfarrkanzlei dem allseits beliebten Arbeiterpfarrer entwendeten Füllhalter „Prestige 12 c“ und nicht, wie irrtümlich berichtet, „Prestige 12 b“ – vorgezeigt und eine Nachfüllpatrone verlangt)

parkmörder im Verhör – Geständnis!

der gestern verhaftete und als „Buntstiftmörder“ in die Annalen der Kriminalpolizei eingegangene ..., der seit seiner mittleren Kindheit schwachsinnig ist – wie wir in der Nachtausgabe berichtet haben, war ihm während einer Pausenrauferei von einem Schulkameraden ein damals noch nicht kinderfester Buntstift in den Schädel gerannt worden –, gestand heute in einer ersten Befragung, er habe zufällig auf der dem Gebüsch, hinter dem bekanntlich ein Altomonte-Füllhalter sichergestellt worden war, nächsten Parkbank die grauenhaft ermordete Kleine dreißig Buntstifte der „Regenbogenpalette“ in der Reihenfolge der auf dem Kassettendeckel abgebildeten Farben sortieren sehen und, als der Regenbogen angeordnet war, alle Buntstifte sich zeigen lassen, da er als Kind nicht so schöne Buntstifte besessen habe, außerdem nur zweierlei Grün, jedenfalls nicht viererlei Blau, habe, als er sah, daß die Buntstifte nicht sehr gut gespitzt waren, diese ihr zu „präzisieren“ (= zu spitzen, Anm. d. Red.) angeboten, sie habe aber, daß sie keinen „Präzision“ (= Bleistiftspitzgerät einer bekannten Firma) habe, gesagt, was er ihr, da sie weder schmutzig noch abgerissen gekleidet war, nicht geglaubt habe; so habe er trotz ihrer Lüge, wie er meinte, den seinen hervorgeholt, und einen Buntstift nach dem anderen, die daraufhin noch froher geleuchtet hätten, geschärft, und da er einen schöner als den anderen gefunden habe, sie ihm aber keinen überlassen wollen hätte, habe er jeden mehrmals verwendet – zuerst das dunkle Gelb („Dotter“), dann das helle Grün („Gras“), dann das helle Gelb („Zitrone“), dann das dunkle Grün („Tanne“) u. s. w. und zuletzt das helle Braun („Edellehm“) und das dunkle Braun („Humus“) und zuallerletzt das helle Blau („Himmel“) und das leuchtende Weiß („Unschuld“)

parkmord, Tragik des Mörders

in einer Befragung durch den Psychiater erklärte der „Regenbogen"-Mörder, er habe den Füllhalter „Prestige 12 c" (es handelt sich dabei um ein Erzeugnis der Fa. Altomonte, Anm. d. Red.!), da er geglaubt habe, daß „nur ganz hohe Herrschaften" einen solchen besitzen, um nicht erwischt zu werden, unmittelbar nach dem „Buntstift-Mord" weggeworfen. auf die Versicherung, sein Opfer habe wirklich keinen Bleistiftspitzer der Marke „Präzision" besessen, brach er in Schluchzen aus und wiederholte lallend die Beteuerung, er werde dem Kind, auch wenn er die Buntstiftminen gewiß nicht abgebrochen hätte, einen „Präzision" kaufen, dieser koste ja nicht viel.

P. R.

A. B., geprüfter Wagen- und Hufschmied

der Betrieb längst eine Reparaturwerkstätte für landwirtschaftliche Maschinen, aber trotz Raumnot – sei es zur Rechtfertigung des Geschäftsschildes, sei es aus Pietät gegenüber dem alten Vater – die ursprüngliche Schmiede unverändert erhalten und in dieser, um das museale Schweigen zu stören, bisweilen das Feuer um des Feuers willen angezündet und den Blasbalg bedient. die besondere Freude, wenn ein Sommerfrischler eintritt.

vergeblich im Gemeinderat die Gründung eines Reitvereines betrieben, umso hartnäckiger bemüht, dem Gerücht, auch die Paketpost stelle demnächst das letzte Pferdefuhrwerk ein, entgegenzutreten.

auf der Straße den Kutscher bei jeder Gelegenheit in ein Gespräch verwickelt, der Stute durch die blonde Mähne gefahren und den Nacken geklopft, nach einem Hinweis auf die rasche Abnützung der Eisen die Dringlichkeit einer neuen Beschlagung oder zumindest einer Korrektur der Eisen mit einem FünfzigSchilling-Schein bekräftigt, den schlechten Zustand der Hufe des gutmütigen Wallachen bagatellisiert.

dem Lehrbuben als einzigem von seinen Leuten den Zutritt in die Schmiede gewährt und ihn dort zu überflüssigen Handlangerdiensten herangezogen, ihm dabei elegisch erzählt, wie er einstens die Bauern mit ihren Pferdewagen in langen Reihen im Vorhof warten ließ, manche wegschickte, nur bereit, gut gehaltene Rösser zu beschlagen, aus Rücksicht auf die Gesellen bzw. das Roß niemals ein ungeschnittenes oder trächtiges Pferd, und hin und wieder, damit der Lehrbub, da der Großteil seiner Lehrzeit ohne eine Beschlagung verstrichen ist, die Ehrwürdigkeit des alten Handwerks begreift, ihn – er selbst aus Trübsinn über den Umgang mit Maschinen oft schon zu Mittag betrunken – von dringender Arbeit weg in die Schmiede gerufen und ihm zum xten Male den Ritus erklärt, ihn mit Decken und Stroh kostümiert, dabei stockend von den blonden Mähnen der prallen Kraft und der empfindlichen Haut erzählt, ihn wie zum Hufschlag einen Fuß heben lassen, aber nach einem Augenblick Aug in Aug angefahren, er solle zur Arbeit gehen, und sich selber zur schmutzigsten Arbeit unter den Traktor gelegt.

an Wirtshaustischen – wenn das Postpferd noch immer auf sich warten läßt – mit dem Messer Pferde in Seiten- und Hinteransicht ins Holz geschnitten, mit übermütiger Feindseligkeit die blonde Kellnerin am langen Haar gezogen, und wenn der Postkutscher nach einer schweren Runde Schnaps die Beschlagung endlich zusagt, in die Hände geklatscht, sofern die Kellnerin nicht gerade auf dem Nebentisch ein Bier abstellt. umständlich einen Termin vereinbart (und mehrmals verschoben)

die Tage vor dem großen Tag die anderen Arbeiten in großer Unruhe fertiggestellt oder abgebrochen, die zeitgemäßen Geräte weggeräumt und den Gesellen Urlaub gegeben. den Kutscher zu einem Schnaps nach Hause geschleppt, in der Sonntagsmesse einen Geldschein in den Opferstock unter dem Kreuzigungsbild, zu Hause zugleich aufgeräumt und gereizt.

am Vorabend mit dem Lehrbuben jeden vorbereitenden Handgriff als Zeremonie einstudiert, ihn sogar eine Leiter holen und die hohen Fenster putzen lassen. in der Drogerie Fichtennadelsalz besorgt, um das Pferd (vom Brandgeruch des Hornes beunruhigt) zu beschwichtigen, auch ein paar Weihrauchkörner zu sich gesteckt. eine Fütterung des Pferdes vor der Behufung untersagt, diese übernehme er selber; am späten Abend ins Stallfenster geblickt.

am Morgen dann in der Werkstätte das Arbeits- oder sogar Sonntagsgewand gegen den behutsam aufbewahrten Lederschurz (bei aller Pflege zünftig durchlöchert) getauscht, eine letzte Prüfung der Eisen in vielerlei Größen, und mit einem Stück Zucker der Stute entgegen.

den Fuhrknecht hinauskomplimentiert, dem Pferd das Geschirr abgenommen und auf einen mit einem weißen Tuch verhüllten Tisch gelegt, ihm ein zweites Stück Zucker gereicht und es an einen Eisenring gebunden. etwas Beruhigendes vor sich hin geflüstert, ihm ein drittes Stück Zucker gereicht und, damit er in seinen Verrichtungen ungestört bleibt, den Schweif des Pferdes mit einer seiner Tochter entwendeten Masche zusammengebunden. den Lehrbuben eine Schüssel bringen lassen, ihn aber dann zu anderen Arbeiten weggeschickt und das Tor geschlossen.

Geschwister

das kleine Verhängnis des Erstgeborenen. als Kind den Ring der jüngeren Schwester probiert – unversehens beim Spiel das Fingerglied bedenklich angeschwollen; durch jedes Zerren oder andere Trennversuche die Verbindung noch mehr verfestigt. vom Vater schließlich etcetera. die Prozedur, bei der nur der Anblick der Beißzange oder Feile wehtun konnte, als schmerzvolles Aus-dem-Gefängnis-Geschweißtwerden in Erinnerung behalten – von da an alles verdächtig, was Mädchen an sich tragen. er konnte sich nie für ein Mädchen entschließen. seine Bewunderung für Löwen, die durch brennende Reifen springen, später auch für das Zerschießen von Glühbirnen durch Wildwestfilmhelden. er richtete ein Schaubude ein und verkaufte Luftballone, aufgeblasen bis zum äußersten geschäftlichen Risiko, und freute sich, wenn sie in den Händen der kleinen Mädchen sofort zerplatzten.

seine Schwester. trotz größter Disziplin ihr vergeblicher Kampf gegen Jungmädchenaversionen. ein Würgen beim Versuch, im Morgengrauen die Stränge der vollen Euter zu berühren. für die schlappen Finger der geleerten Säcke zwar einiges erzwungene Mitleid, aber am nächsten Morgen dieselbe Unfähigkeit. das Grauen, durch die Bewegung der Hand an den geschwollenen Fingern den weißen Strahl auszulösen. die Novizenzeit gut durchgestanden, manches ihr als Überreizung durch die Vorbereitung auf die Gelübde nachgesehen: der Widerstand, beim Weihnachtsspiel den Solopart auf der Blockflöte zu übernehmen, und die Weigerung, den Maialtar mit Tulpenknospen zu schmücken. die Reformen, von ihr als Oberin eingeleitet, mit ungewohnter Heftigkeit erkämpfte Verbote von bestimmten Geräten, Früchten und Sträuchern.

der andere Bruder. den Unfall des Jungstieres gut überstanden: den schwarzen Kraftstoß ins Gehege der Kuh und den blutigen Fahnenfetzen am Stacheldraht. er wurde nur ein Feind aller Demonstrationen.

Kloster

die zeitgerechte Berichtigung des Reiseführers, letzte Auflage, als die beiden Damen auf den Steinstufen vor dem, wie es heißt, seit dem Ersten Weltkrieg unbewohnten und längst baufälligen Kloster, das nie besondere Kunstschätze aufzuweisen gehabt habe und deren wenige, zweitklassiges Barock, längst ins Staats-Museum transferiert worden seien, rasten, durch einen Mönch, der am Gitter des Klostergartens, als er das Buch in ihren Händen sieht, in gutem Deutsch die Ausführungen als staatliche Propaganda beklagt und auf ihre Bejahung, daß sie katholisch seien, beim Prior sofort die Erlaubnis, sie durch die Sammlungen zu führen, einzuholen verspricht, die Zusage einer entsprechenden Spende verlegen abtut, nach kurzer Zeit mit heiterem Gesicht und einem großen Schlüssel zurückkommt und die beiden unter Entschuldigungen für den von Brennesseln überwucherten Garten und die Schutthaufen im Kreuzgang (was in der seelsorgerischen Überlastung der wenigen fratres und der schon erwähnten Politik seine Ursache habe) durch eine kleine Eisentür über Stiegen Gänge und einige Säle (als Archiv von lokalem Interesse und geplünderte Repräsentationszimmer abgetan) und mit der Bitte um Nachsicht für die dumpfe Luft (eine Folge der schikanösen Plombierung der Fenster) unter linkischen Bewegungen, Umgang mit Damen offensichtlich nicht gewöhnt, in den Trakt der Gemäldesammlung – entgegen dem Reiseführer bis auf wenige Ausnahmen durchaus mittelalterlicher Kunst – geleitet.

keine eigentliche Galerie, sondern viele kleine Räume, links und rechts eines Ganges angeordnet, wohl ehemals Mönchszellen, und meist pro Raum nur ein Bild, und jedes den beiden bald eine Aussage über die Heimsuchungen des ehemaligen Bewohners.

hier, meine Damen, die „Dreifaltigkeit" des Anonymus von B: der Sohn, fast nackt, im Schoß des Vaters, darüber die Taube. sehen Sie, wie sanft der reife Mann den Jüngling um die Hüfte hält. nach Ihnen, meine Damen.

und hier „Maria mit dem Kinde" von einem Schüler des Meisters, als der er sich zu denselben Prinzipien bekannt hat. übrigens die beiden Künstler, wie ich herausgefunden habe, abgebildet in der „Dreifaltigkeit". sehen Sie, meine Damen – und bedauern Sie nicht, daß Ihre Gatten im Strandcafé geblieben sind, denn die Kunst des Mittelalters ist vornehmlich die Kunst der Mönche und Damen, wie unser Prior sagt – sehen Sie, wie die eine Brust Marias träumerisch dem Gewande entschlüpft ist und spielerisch in der Hand des Kindes ruht, eine Frucht des Gartens Eden lange vor dem Sündenfall. nach Ihnen, meine Damen.

wahrscheinlich ist, wenn ich noch einmal an das Bild erinnern darf, das Greisengesicht des Kindes, das Sie vielleicht befremdet hat, eine weitere Huldigung an den verehrten Lehrer. und Sie, gnädige Frau, haben vielleicht beobachtet, daß Ihr Haar ganz das der Madonna ist.

hier noch ein Bild aus der selben Schule: Maria, ganz verhüllt wie Sie, gnädige Frau, Jesus im Schoß der Mutter als etwa sechsmonatiger Knabe. sehen Sie seine Hand: mit derselben Fingerhaltung, mit der er auf dem anderen Bild die Brust der Mutter berührt hat, hält er nun – mittelalterlicher Symbolismus, haben Sie das stets vor Augen! – hält er nun in seinem Schoß einen kleinen Vogel, noch lange nicht flügge wie bei der „Dreifaltigkeit", aber voll Leben. nach Ihnen, meine Damen.

und hier eines unserer wertvollsten Gemälde, auf dem Tauschweg mit großer Mühe erworben, spanischer Meister: St. Georg im Stehen, schräg vor ihm in einer kühnen Perspektive, also Renaissance, sein Hengst. der verkürzte Kopf noch Mißtrauen, aber der Vordergrund schon magisch bestimmt von der Hinteransicht des Pferdes. Zeit der großen Pferdeliebhaber. sehen Sie die meditative Rundung – die Wölbung einer in Reife gespannten Marille durch einen sanften Schatten die Furche verwischt, anstatt eines Felles eine Pfirsichhaut. vom selben Maler übrigens die kindlichste Eva, die es gibt: ganz schattenlose Haut eines Mädchens vor der Reife, das nur nebenbei. das strenge Gesicht des Hl. Georg, kalte Unschuld, ganz im Kontrast zu der in der Rüstung ausgesparten Stelle, die trotz der schützenden Kappe empfindsam und verletzbar erscheint; diese im Farbton, verhaltener Hinweis des Malers, mit dem zinnoberroten Zaumzeug des Pferdes übereingestimmt.

dieses Bild scheint Ihnen nicht sonderlich zu

gefallen. Sie werden es, wenn Sie die nächsten Bilder sehen, verstehen lernen. hinter Ihnen, meine Damen, hinter Ihnen.

und hier unsere einzige „Schutzmantelmadonna“: erschütternd unnahbar ihr Gesicht – es erinnert mich wieder an Ihres, gnädige Frau, auch Sie, meine Dame, werden sich in einem anderen Gemälde erkennen! –, aber ohne Scheu hält sie den Mantel offen. die vierzehn Männer übrigens, die ihren Faltenwurf ohne zu rivalisieren umknien, denn jedem wird ihre Gnade zuteil, Mitglieder einer Marienbrüderschaft. gleich wird sie ihren Mantel schließen. Schoß der Kirche.

und im nächsten Zimmer, hinter Ihnen, die „Epiphanie“. an einem Detail des Mohrenkönigs der Meister der „Schutzmantelmadonna“ unschwer zu erkennen: der Überwurf in einer strengen Linie brustabwärts aufgesprungen – sehen Sie das gleiche rote Futter! –, und in der Höhe der Lenden vorgestreckt die Arme. will heißen, nicht nur seine Hände beten, alles an ihm ist Gebet.

umzukehren ist jetzt nicht möglich, meine Damen. wir werden später eine kleine Rast einlegen (und er schwenkt den schweren Schlüssel, mit dem er, bis dahin unbemerkt, jede Tür hinter sich versperrt hat)

und hier zwei Bilder, zwei Phasen eines Geschehens.

zuerst die „Verspottung des Herrn“. sehen Sie nur die vitale Aggression der Männer: jeder ein willkürliches und unwillkürliches Zusammenspiel aller Muskeln, gespannt und bis zum Zerreißen gebläht, selbst ihre Ruten und Stäbe aufgequollen zu Keulen. mittelalterliche Maßlosigkeit, Entartung durch den Dreißigjährigen Krieg. beachtten Sie auch oben die Nasen, gestautes Blut. Christus selbst: nur Leid, schlaffes Lendentuch, gefangen in der Dornenkrone. jeder Dorn ein Zahn, der sich ins blutende Fleisch treibt.

und vis-à-vis das Ergebnis der Verspottung, in der sich die Spannung löst – die „Bespeiung“: Christus, in sich gebeugt, auf einem Schemel kauernd, ihn überragend die Peiniger. die Spuren verteilt zwischen Oberschenkel und Nabel.

daß Sie eine Verabredung getroffen haben, hätten Sie mir früher mitteilen müssen. man wird Ihre Verspätung in Anbetracht der Mittagshitze verstehen. der Ausgang ist auch schneller erreicht, wenn wir das letzte Zimmer kurz besuchen. übrigens auch eine Rücksicht dem Kloster gegenüber – die Pforte vorne zu eingesehen, Verdacht auf Kollaboration. ein frater deshalb eine Zuchthausstrafe, zwanzig Jahre. nach Ihnen.

gleich in die übernächste Zelle, meine Damen, zu unserer „Kreuzabnahme“, wir lassen die „Kreuzigung“ vorerst aus. hier also Maria Magdalena – erkennen Sie sich, meine Dame, fühlen Sie sich entschädigt für das lange Warten? – und Maria mit dem Leichnam des Herrn. die Mutter beugt sich über ihn – erinnern Sie sich an unsere erste „Madonna mit dem Kinde“! – und Maria Magdalena, sie hat bereits seine Handgelenke und seine Seitenwunde geküßt, macht, wie man Feuer mit Feuer löscht, ihre schwerste Sünde ungeschehen: ihr Gesicht – aber Sie sehen ja selbst sein verrutschtes Leinentuch. in einer zur Zeit in Restaurierung befindlichen „Kreuzigung“ desselben Meisters, das nur nebenbei, die Gesichtszüge von Maria und Maria Magdalena, wenn auch sehr verhärtet, zwei Knechten übereignet.

zum Abschluß durch die Bibliothek, mit Ihnen, meine Damen!

(ein heller Raum, die Jalousien hochgezogen, beide blicken erleichtert auf zu dem unverfänglichen Deckengemälde eines barocken Malers. und als sie sich nach ihrem Begleiter umwenden, steht er lächelnd vor einem Kreuz, mit Kreide auf dem Boden gezogen, und folgt geduldig ihren Blicken, die in den Wänden, mit Folianten gedeckt, den Ausgang suchen)

Wohnung

wie alle acht Tage, wenn er nach der Ankunft um 19,10 um 19,22 in seine Gasse einbiegt, Geschäftskoffer und Reisetasche abgesetzt und einen raschen und dankbaren Blick auf die Fensterreihe der Wohnung – niemand das Haus in Asche gelegt, und zugleich der nie ganz in Augenschein genommene Eindruck, der immer nur als belächelte Bestätigung einer Unbegabung sein Bewußtsein erreicht hat: hätte ihm als Reisendem sein geringes Orientierungsvermögen nicht oft genug zu schaffen gemacht, müßte er meinen, das eine beleuchtete (manchmal geöffnete) Fenster gehöre noch zu seiner Wohnung. und im Aufnehmen der Koffer wie immer der Zusatz: falls er, was die Klärung von Unklarheiten betrifft, zu Fanatismus neigte, wäre die Tatsache, daß er nicht gleichzeitig aus allen seinen Fenster schauen und zugleich als Beobachtender auf der Straße stehen kann, der einzig denkbare Grund, zu heiraten und eine der Zahl der Fenster entsprechende Anzahl Kinder oder Mitbewohner zu haben: man kommt von der Reise nach Hause, ab 19,20 blickt die Frau in der Schürze aus dem Küchenfenster, aus den Wohnzimmerfenstern die Töchter, aus dem Schlafzimmer der kleine Sohn, aus dem Fenster des Arbeitszimmers eine Katze, schon im Begriff, sich zurückzuziehen, und aus dem unbewohnten Zimmer oder dem anschließenden Kabinett, falls dessen Fenster nicht in den Hof geht, der älteste Sohn, oder alle Fenster werden – da ihm ihre Anzahl und Reihung noch immer nicht klar ist – von einer Erwartung geöffnet.

dann, wie alle acht Tage, um 19,26 vor der Wohnungstür die Erleichterung: auch die Bedenken auf der Fahrt, er könnte die Tür so flüchtig zugeschlagen haben, daß sie nun offenstünde, nur Gewohnheit seit dem Versehen vor fünf bis sechs Monaten. er sperrt auf, stellt die Koffer im Vorzimmer nieder und im Aufatmen: acht strapaziöse Tage wieder vorbei, endlich zwei Tage Ruhe!, das Erschrecken: im hintersten Zimmer der Wohnung brennt Licht – aus der angelehnten, ansonsten immer geschlossenen Tür des letzten der hintereinander angeordneten Räume, deren andere Türen wie immer offen stehen, ein Streifen künstlichen Lichts! das Erschrecken bei aller Gewißheit, daß Täuschung Spiegelung unmöglich sind, wie im Traum wahrgenommen, was ihm die Wiederholung eines fatalen Tatbestandes verschwommen und schonend umschreibt.

die nächstbeste Ausrede, er selber habe das Licht brennen lassen, nicht einmal erwogen: das letzte Zimmer Jahre nicht, wenn überhaupt jemals, betreten, und das Licht scheint, dem diffusen Charakter nach zu schließen, ja auch nur indirekt in diesem gesammelt zu sein – die Lichtquelle vermutlich in dem im rechten Winkel auf die Längswand versetzten Kabinett, und dieses der Kern der vergessenen, weil nie bewohnten Wohnung. und als einer, der die Angst mehr als ihre Ursache fürchtet, sogleich überzeugt, daß jedes

Sichgehenlassen nach Strapazen einer straffenden Ermahnung bedarf, daß er diesen Augenblick schon öfters erlebt hat, wenn er nach guten Geschäftserfolgen die Wohnung abgehetzt um 19,27 statt 19,28 betrat, daß das außerdem nichts sei als eine ungeschickte Beschwichtigung des Unbehagens vor einer menschenleeren und ungelüfteten Wohnung (auch das finstere Kinderzimmer, dem die Mutter einen Lichtspalt in ruhige Träume senden mußte, fällt ihm ein) und daß es kindisch sei, wider die Vernunft der Neugier nachzugeben – so dreht er im Vorzimmer Wohnzimmer etcetera alle Lichter auf, gefangen von dem Raffinement der Angst, Licht mit Licht zu löschen.

später, als ihn die Frage streift, ob er die letzte Tür nicht einfach hätte öffnen oder zumindest ganz schließen sollen, auf dem Weg zur Küche einmal kurz hingeschaut: die Tür ist geschlossen, was sonst sollte sein.

in der Nacht von dort, wo kein Licht mehr zu sehen ist, ein Geräusch wie das Auffallen eines Löffels, er überantwortet es dem Traum.

vor der Abreise nach zwei ruhigen Tagen außer Haus doch kleine Vorkehrungen: er geht, schon die Geschäftsmappe unterm Arm, leise und fest zugleich durch seine Zimmer auf die Tür zu, prüft vorsichtig mit dem Ellbogen, ob sie geschlossen ist, und stellt – allerdings in einem Meter Abstand – einen Sessel davor auf.

die nächste Rückkehr – willkommene geschäftliche Verzögerung – seit Jahren erstmals einen Tag später in der Morgensonne: diesmal kein Licht. die Tür steht zwar einen Spalt offen, aber die wechselnde Temperatur und die verzogenen Holzverschalungen eine ausreichende Erklärung.

in der Nacht ein kleines Räuspern und das Rücken eines Sessels. daraufhin – warum sollte sein Blick auf einen Gegenblick stoßen – sich aus dem Fenster gelehnt, das letzte Zimmer wenigstens von außen zu überprüfen: sooft er auch die Fenster abzählt, es bleibt erleuchtet, und zwar so hell, daß die Verbannung der Lichtquelle ins Kabinett nicht mehr möglich ist. nach einer Stunde, etwa um drei Uhr früh, das Fenster dunkel, aber der Spalt der Tür scheint größer zu sein. auf dem Diwan im Wohnzimmer bis zur vorverlegten Abreise weitergeschlafen.

die nächste Heimkehr wieder planmäßig 19,28, vielleicht sogar erst 19,29. an der Eingangstür geräuschvoll mit den Schlüsseln hantiert, die Koffer mehr fallen lassen als niedergestellt, vor sich hin gepfiffen und das Licht noch vor dem Eintreten mit weit vorgestrecktem Arm aufgedreht – der Spalt der nach vorne gezogenen Türflügel das Nachbild eines Lichtstrahls, das Verlöschen eines Verlöschens.

in der Nacht einen unbedachten Blick auf die Tür – die Flügel stehen halb offen. eine Stunde später noch einmal – sie stehen halb offen und ein breiter gelber Pfeil erobert sein Arbeitszimmer.

am Morgen etwas zu hastig Arbeitszimmer und Schlafzimmer um je einen Raum nach vorne verlegt – die vorderen Fenster haben ein angenehmeres Visavis –, d. h., das bisherige Arbeitszimmer nicht direkt preisgegeben, sondern mithilfe der anstelle der Möbel aufwendig gruppierten Schirm- und Kleiderständer Besitzverhältnisse wenigstens symbolisch geklärt, und das alte Schlafzimmer zum Arbeitszimmer umgestaltet: den Schreibtisch – die Aussicht auf die Straße lenkt ab – vor die letzte Tür der nun bewohnten Wohnung geschoben, die Tür abgesperrt, das Pianino aus dem Wohnzimmer an den Schreibtisch angeschoben und seit Jahren erstmals eine halbe Stunde Geläufigkeitsübungen. vom Gärtner mit einem Hintergedanken zwei riesige Blattpflanzen bestellt, aber als die zwei kräftigen Lieferanten eintreffen, diese doch, um Komplikationen zu vermeiden, im Vorzimmer abgefertigt. die Blattpflanzen zuerst zusätzlich vor die hintere Tür des neuen Arbeitszimmers, links und rechts von Schreibtisch und Klavier, dann aber aus praktischen Gründen (um nicht allzu offensichtlich Bollwerke aufzurichten) ins Schlafzimmer zurückgeholt als Flankierung der Tür, und das neue Arbeitszimmer nach einem letzten Walzer geschlossen.

in der Nacht ein Schieben von Tischen.

bei der Heimkehr nach acht Tagen: die mit Sicherheit vor der Abreise geschlossenen Türen stehen offen, Licht fällt bis knapp vor sein Bett. bevor er ins vorderste Zimmer übersiedelt – für einen Alleinstehenden ein Zimmer genug – drei Tage Urlaub erbeten. ohne sein Zutun wieder alle Türen geschlossen, nur aus der einen ein Streifen Licht.

nun planvolle Beobachtungen und Nachforschungen: ein geheimes Skizzenbuch und Kalendarium über die Licht- und Dunkelzeiten des

Fensters und die Phasen der Türflügel geführt und rückwirkend ergänzt – ein System unzweifelhaft vorhanden, nur der Schlüssel bleibt ihm verborgen. zu seinen Notizen trotzdem das größte Vertrauen, denn von geringem Erfolg der während gut ausgeklügelter Scheinbeschäftigungen im Hof im Stiegenhaus und auf der Straße mehrmals wiederholte Lokalaugenschein, unter einem Vorwand sogar vom Büro gegenüber: im Stockwerk über seiner Wohnung – einige Meter von der Eingangstür um die Ecke gelegen – eine kleine Tür neben einem Klopfbalkon, die auf den Dachboden führt, eine Verbindung mit der Wohnung nicht festzustellen. die Wohnung unter der seinen ihm keine Hilfe: zu einer Arztordination umgebaut, die kleine Tür, noch erahnbar, zugemauert. die Probe im eigenen Stockwerk, da die Nutzlosigkeit solcher Unternehmungen erwiesen ist, fallen lassen oder aufgeschoben.

beim Hausbesorger die Erkundigung, ob der Freund aus dem Ausland, welchem er während seiner Abwesenheit die Wohnung als Quartier angeboten habe, eigentlich gesehen worden sei – auf die Gegenfrage, wie dieser Freund aussehe, rasch das Gespräch beendet, da er sich niemandem anvertrauen will.

und vorsichtige Nachforschungen im Gedächtnis über die Vereinbarung mit der Hausverwaltung bei der Übernahme der Wohnung (unauffindbar die Kopie des Vertrages, der Hausverwalter, der unterzeichnet hat, längst gestorben) – widersprüchliche Resultate:

eine ViereinhalbZimmerwohnung gemietet, aber

immer nur drei Räume benützt. vermutlich in den letzten eineinhalb Räumen aufgehäuft, was der letzte Mieter zurückgelassen hat: de facto also eine DreiZimmerwohnung. andererseits die ihm anstandslos gewährte Reduktion des Zinses auf zwei Drittel der vorgesehenen Summe und die Einsicht des Hausherrn, daß ein zweiter Mieter nicht in Frage komme, ein Beweis, daß er auch de iure eine DreiZimmerWohnung gemietet hat bzw. daß es keinen zweiten Eingang gibt: man habe, anstatt eine Mauer aufzuführen und einen zweiten Eingang zu stemmen, die hinterste Tür seiner drei Zimmer einfach abgesperrt und den Rest brach liegen lassen. vielleicht aber doch zwei Eingänge, denn die Wohnung als Herrschaftswohnung mit Dienstbotenzimmer annonciert gewesen – ihm wohl auch versichert, der zweite Schlüssel sei längst verloren, der zweite Eingang gut verschlossen, wenn nicht zugemauert. falls es seine Position einmal erlaube, könne der Vertrag geändert werden – diese These als Versuch, die Vorgänge der letzten Zeit einer einsehbaren Wirklichkeit zuzuordnen, verworfen, aber beim nächsten Lichtstoß wieder dankbar aufgenommen:

wenn es einen zweiten Eingang gibt, kann sich jemand vor Jahren Zutritt verschafft und als blinder Passagier, mit Camping-Sachen ausgerüstet, einquartiert haben, harmlos, solange man ihn nicht zu bemerken vorgibt, und nach und nach Miteigentümer aus Gewohnheitsrecht (und es fällt ihm ein, daß er sich so richtig verhalte wie einmal, als er sich schlafend stellte, als ein Hoteldieb etcetera). durch die offizielle Eingangstür jedenfalls nur er selbst, somit er der alleinige Mieter. wohnt jemand im letzten Zimmer (der einzige Hinweis ungeschickt geschlossene Türen und Licht, das übrigens vor Jahren der Hausherr bei der Begehung zu löschen vergessen haben könnte), so beweist die Unklarheit über diesen Tatbestand die fast perfekte Anpassung des anderen und trotz oder gerade wegen einiger Versehen dessen Wunsch, ihn nicht zu stören. dieser, eine friedliche Existenz in seinem Schatten, versänke vor Beschämung und Entsetzen, wenn er die Tür. seine Menschlichkeit verpflichte ihn, dem anderen durch eine genaue Einhaltung seiner Termine und Gewohnheiten die Anpassung zu erleichtern, und aus dem größeren Stromverbrauch erwachse ihm kein ernster Schaden.

Schlüsse:

I 1) bei der nächsten Rückkehr bis auf das vorderste Zimmer die Wohnung hell erleuchtet, Klavierspiel, Gläser stoßen an – er bleibt ruhig im vordersten Zimmer, bis sein Licht verlöscht.

2) Türschild abgenommen, Schlüssel sperren nicht, er kapituliert, als ein Unbekannter öffnet, vor der fremden Tapete (und erfreut sich, als er auf dem Weg zur Bahn mit dem Taxi noch einmal seine Gasse passiert, an einer fremden, offensichtlich glücklichen Familie: eine Frau in Schürze winkt aus einem Küchenfenster einem eben mit Koffer und Reisetasche Ankommenden zu, aus den zwei angrenzenden Wohnzimmerfenstern lachen zwei blonde Mädchen etcetera)

II

der Lichtspalt bleibt auf eine Tür beschränkt –

3) er tritt, der Situation nicht gewachsen, den lange verweigerten Dienst im Ausland an.

4) er hält einige Wochen durch. ein fremder Geruch breitet sich aus, er brät in Notwehr bei geschlossenen Fenstern Fisch, gibt, ohne die Wohnung zu räumen, die Schlüssel ab, wird dann mit der Aufforderung, seinen Schlafrock samt Gürtel mitzubringen, auf das Polizeikommissariat zur Beantwortung einiger Fragen bestellt.

5) er gibt die Wohnung auf, ohne bei der Schlüsselübergabe an den neuen Mieter dessen Betreten des letzten Zimmers abzuwarten – so hört er nicht mehr, wie dieser vom Hausverwalter nach einem Blick aus dem Fenster mit Bestimmtheit verlangt,

. . . . .

alpenländischer Brauch

immer, wenn die Bauern bemerken, daß der Zweitreichste gegenüber dem Reichsten aufzuholen beginnt, hören sie auf, im Gemeinderat ihre Rechte zu verteidigen, und betreiben, nach und nach in zwei Gruppen geteilt, durch genau berechnete Abtretungen von Boden, Nutzungsrechten und für geringe Entschädigung zur Verfügung gestellte Arbeitskraft die Angleichung und symmetrische Vergrößerung der beiden Güter, bis, ehe sie die letzte Unabhängigkeit opfern müssen, vor den neuen Wirtschaftsgebäuden unter ihrer Mithilfe je eine Kapelle vollendet ist, und verlangen dann, bittend oder drohend, daß das Fest, wie es der Brauch verlangt, begangen wird.

an einem Freitag der schon eine Woche hinausgezögerten Ernte ist es so weit – in Sonntagstrachten rufen die beiden Großbauern die Kinder des Dorfes mit Böllerschüssen zu sich, schenken ihnen Weihnachts- und Osterstriezel und lassen sie, bis alle Bauern versammelt sind, Türen und Tore mit Roggen- und Haferzöpfen schmücken.

„drüben sind sie mit den Hühnern Gänsen und Enten fertig und fangen schon mit den Schweinen an“ melden die hin- und hergeschickten Kinder bei dem einen Haus und laufen mit der Botschaft „drüben sind auch schon alle Fässer leer (sie zeigen die weinnassen Stutzen vor) und sie waren gerade beim vierzigsten Schwein“ zurück, und die Bauern zählen die Schläge des durch die Rinderställe wandernden Beiles.

während die Feuerwehrkapelle den Oberseer-Marsch spielt, entzünden die Großbäuerinnen nacheinander das im Getreidespeicher und in den Scheunen vorbereitete Tannenreisig, während des UnterseerMarsches öffnen die beiden ältesten Töchter die Tore des vor den Feldern aufgestauten Baches und zerschlagen die jüngsten Töchter in der Küche alle Eier und das Geschirr, während die jüngsten Söhne allen Vorrat an Zucker und Mehl im Vorhaus mit Milch überschütten und die ältesten alle Wagen und Maschinen die Felswand hinunterspringen lassen.

als auch das Wohnhaus brennt, gehen die beiden Bauern feierlich aufeinander zu, schütteln einander die Hände und begeben sich dann, von einem Festzug begleitet, zu dem kleinen Feuer, das genau zwischen beiden Wohnhäusern errichtet worden ist und wo die Menschenmenge mit dem Abschließen von Wetten das festliche Endspiel erwartet: einmal der eine, dann der andere werfen sie alle Decken Tuchenten Felle Kleider Heiligenbilder und auch Banknoten ins Feuer, und der Reichste ist, wer als letzter seinen Hut über die Asche stülpt.

sobald alles niedergebrannt ist, gehen die beiden Familien barfuß weg, lassen je ein Kind mit dem Auftrag zurück, einmal eine eigene Landwirtschaft zu begründen, und noch in der selben Nacht beschließt der Gemeinderat die neue Bodenverteilung.

nur einmal sollen zwei Bauern verabredet haben, ihre Felder über den Horizont und ihre

Bäume in den Himmel wachsen zu lassen, aber da soll dann das Dorf den Brauch vollzogen haben,

und seither überlassen weiterhin die Kinder ab dem Schulbeginn den zwei Stärksten der Klasse ihre Kastanienrinder Taschentuchfelder Zündholzschachtelställe und Streichholzgeräte fürs Schulschlußspiel, und manchmal erwirtschaftet sich der noch einmal den Besitz, der die Klasse wiederholen muß.

Investitionen

alle Sommer gibt einer von den größeren oder ganz großen Unternehmern ein Fest, in der Regel eine garden party, zu dem, da keiner, der etwas auf sich hält, fernbleiben kann, zwar nicht die Bettler von der Straße geholt werden müssen, bei dem aber doch auch Vertreter der Kleinrentner Arbeitslosen Invalidenverbände etcetera als Zaungäste innerhalb der Mauer des Privatparkes willkommen sind, und diese aus propagandistischen Gründen (Werbespesen!) Geduldeten fühlen sich am wohlsten, nicht nur, weil die Kellner dritter Klasse, wenn der Gastgeber schon nicht wie der heilige Martin den Mantel mit ihnen teilen kann, von so riesigen Platten aus so riesigen Fässern bis zum allgemeinen Aufbruch im Morgengrauen zu essen und zu trinken anzubieten nicht müde werden, daß sie alle ohne wunderbare Vermehrung über die Sättigung hinaus gesättigt werden.

beobachtet man als Außenstehender, d. h. als nicht handschriftlich geladener Gast, sondern als telephonisch verständigter Reporter oder als prominenter ‚Aufputz' aus der Kulturwelt, ohne mit den Gepflogenheiten der oberen Hundert vertraut zu sein, den meist mit je einem Feuerwerk eingeleiteten ersten und zweiten eigentlichen Festakt, könnte man meinen, eine der Versionen der sechs Jahrhunderte alten Fama vom Landesherrn, der nach seiner wunderbaren Genesung (nach dem

Pesttod seiner erlauchten Gemahlin; nach der geläuterten Rückkehr aus dem Heiligen Land; aus der Einsicht, daß das Ende des Feudalismus gekommen sei) denen vor der Burgmauer all seine Ländereien geschenkt und somit den Wohlstand der alteingesessenen Bürger begründet haben soll, habe sich in die spätbürgerliche Gesellschaft hinübergerettet, damit eine neue Vermögensverteilung, wenn auch vorläufig nur innerhalb der bereits Besitzenden, insofern erwirkt wird, als auf Kosten des sich glanzvoll ruinierenden Gastgebers der Reichtum der anderen Reichen erhöht werden soll –

denn schon wenige Stunden, nachdem die aus dem Ausland geladenen Gäste eingeflogen worden sind und mit einiger Nervosität diverse Darbietungen eines philharmonischen Orchesters eines exotischen Ballettes genossen und das bis zu einer zwölften Stufe sich steigernde Feuerwerk mit Champagner dem Donauwalzer, aber auch da und dort mit einem zwischendurch hinuntergestürzten Glas Cognac begrüßt haben, geht der Gastgeber daran, alles bewegliche Gut an seine intimsten Freunde zu verteilen: selbstloser Beifall der Zaungäste braust unter der Leitung eines erfahrenen Claquechefs auf, wenn die wie bei einem Blumenkorso geschmückten Privatwagen Motorboote Jachten Schneeboote Sportflugzeuge und ähnliches Spielzeug von den Chauffeuren und Steuermännern in prachtvollen Livreen und Uniformen in den „Geschenkskorb“, das Zentrum der von Tribünen umgebenen Festwiese, gefahren (wohin die kostbarsten nackten Mädchen des Okzidents Rembrandts, barocke Spieluhren Picassos etc. tragen) und die Namen der sogleich mit diesen kleinen Erinnerungen, der „Damen"- oder „Herren"spende, Ausgestatteten aufgerufen werden,

und dieser Beifall wird zu einem Jubel, wenn mit dem Ende des in vierundzwanzig Kaskaden angelegten und meist von einem Springturnier oder einer Raubtiernummer eingeleiteten zweiten Feuerwerks, in der Regel im Morgengrauen, der Noch-Hausherr durch seine Rechtsberater in Anwesenheit beeideter Notare seine Wertpapiere Aktien Bankeinlagen Liegenschaften Grundstücke Eigentumswohnungen Zinshäuser Firmenanteile, ja seine Fabriken samt Arbeitern und Angestellten, seine Villen einschließlich der in Südfrankreich, die Pelze und den Schmuck seiner Frau seinen Geschäftsfreunden und den Inhabern konkurrierender Unternehmen überschreiben läßt bzw. einem nach dem andern an dem inmitten einer Blumenwiese aufgestellten Schreibtisch mittels Urkunde, auf echtem Pergament in gotischen Lettern abgefaßt, und eines rechtsgültigen Händedrucks übergibt, wobei der Jubel, sooft ein als Ausbeuter besonders verrufener ‚Kapitalist' beschenkt wird, spontanen Volksfestcharakter annimmt, indem die Armen hüpfend und tanzend einander umarmen und ihre Hüte in die Lüfte schleudern.

sind alle Gaben verteilt, empfiehlt sich der Gastgeber, nachdem er, der Konvention gehorsam wie alle anderen Reichen vor und nach ihm, den Namen des Gastes, der ein Flugticket auf die Bermudas und den letzten Scheck, dessen Betrag so bescheiden wie das Jahreseinkommen seines Hausarztes sein muß, erhalten sollte, erfunden und somit vergeblich aufrufen lassen hat, mit einem kleinen Koffer, vom neuen Hausherrn zum Tor geleitet, um, wie er, während er an einer Rose der Hecke außerhalb des Tores riecht, sagt, nach drei Wochen Erholungsurlaub auf den Bermudas sich ins Armenhaus zurückzuziehen.

in Wahrheit läuft das Fest aber nicht, wie man glauben könnte, auf eine Selbstzerstörung der bürgerlichen Gesellschaft hinaus, es dient vielmehr dazu, den Prozeß der Kapitalkonzentration zu beschleunigen, und das umso wirksamer und schneller, je gründlichere Recherchen der Gastgeber – und sei es dank der Bestechung von Steuerberatern und Buchhaltern der Konkurrenz, ja sogar der geheimen Konsultation von Bank- und Finanzbeamten – über die Vermögensverhältnisse der anderen angestellt und je dynamischer und risikofreudiger er sein Fest kalkuliert hat:

er weiß, daß jeder, der von ihm beschenkt worden ist (so wie jeder, der in kleinbürgerlichen Kreisen eine Einladung annimmt, diese durch eine Gegeneinladung der gleichen Kategorie erwidern muß), mit dem jeweiligen Geschenk die Verpflichtung übernommen hat, ihm nach der Frist auf den Bermudas ein den Wert des Geschenkten beträchtlich übersteigendes Geschenk zurückzuschenken, und sei es, daß dieser, um sich gesellschaftlich nicht unmöglich zu machen, sich finanziell zu ruinieren gezwungen ist –

wer einen Peugeot mit Chauffeur geschenkt bekommt, wird sich nolens volens mit einem Mercedes samt Chauffeur und einer Autosekretärin revanchieren, ohne deshalb in absehbarer Zeit mit einem Rolls-Royce rechnen zu können, da die übernächste Einladung wieder in der Kompetenz des anderen liegt, welcher, sollte auch er in der Zwischenzeit an einem sein Fest überbietenden Fest nicht selbst gescheitert sein, einen, der seine Einladung überlebt hat, ein zweites Mal einzuladen sich wahrscheinlich hüten wird.

wer ohne Angst, sich zu kompromittieren, sich einen Wald und Rennpferde übereignen läßt, ohne anläßlich eines Cocktails mit einem Grundstück an einem See und weißen Elefanten für den reizenden Abend zu danken, hat zwar das Spesen- und Risikokonto (Steuerabzugsposten!) des anderen belastet, ist aber letztlich schlimmer dran als der, der krankheitshalber (und sei es, daß er das ärztliche Attest mit einem Lastwagen voll Nelken aus Nizza überbringen lassen hat) der Party ferngeblieben ist oder, um seine Existenz zu retten, mithilfe einer wenige Tage vor dem festlichen Termin vom Zaum gebrochenen Auseinandersetzung über geschäftliche oder private Dinge sein Fernbleiben motiviert hat: denn während dieser meistens mit den Wünschen für eine baldige Genesung im Interesse der Freundschaft und Wirtschaft bzw. mit der telegraphisch übermittelten Versicherung, es habe sich um ein Mißverständnis aufgrund einer Intrige der Konkurrenz gehandelt, ein großes Geschenk, jedenfalls ein größeres, als für ihn vorgesehen gewesen war, zugestellt bekommt, was ihn, da dies im Lokalteil der Presse unter ‚Glückwünsche' und auch im Wirtschaftsteil publiziert wird, ob er sich nun an die Gepflogenheiten eines ‚Dankbriefes' und entsprechender ‚Blumen' an die Gattin des Gastgebers hält oder nicht, gesellschaftlich derart deklassiert, daß er sich ins Kleinbürgertum nur hinüberretten kann, indem er seinen Besitz an den andern verschleudert (vielleicht, das nur nebenbei, weil, diese Situation zu vermeiden, auch ernstlich Erkrankte zum Sommerfest kommen, steht immer ein Krankenwagen mit einer Rettungsärztin hinter der schönsten Rosenhecke bereit), wird jener Kaltblütige erst recht durch die sich bald bewahrheitenden Gerüchte, seine Firma sei infolge Fehlplanungen Fehlinvestitionen und unlauterer Methoden am Ende, er stehe nach dreimaligem Konkurs nun vor dem Bankrott, die Macht des anderen, sobald Aufträge ausbleiben oder storniert werden, zu spüren bekommen.

die von Verschuldeten oder sogar bis in die Klasse der Proletarier Gesunkenen lancierten und von ängstlich der nächsten Einladung Entgegenwartenden bereitwillig aufgegriffenen Behauptungen, der Fabrikant Soundso verdanke sein Vermögen den ‚Überraschungsparties' seines Vaters, eines ehemaligen Vorarbeiters, der diese von Börsenspekulanten immer knapp vor dem Sturz seiner Aktien und vor einer Inflation inszenieren lassen und auch nur mit Hypotheken belastete Grundstücke, umstrittene Rechte, überaltete Betriebe, desolate Villen, von der Gebäudepolizei als baufällig gesperrte Zinshäuser und vom Amt für Lebensmittelkontrolle geschlossene Lebensmittelfabriken verschenkt habe, verstummt, seit sein Sohn und

Nachfolger mit der Einrichtung einer besonders vergnüglichen Variante von ‚Mensch ärgere dich nicht' und eines lustigen Pfänderspieles für seine intimsten Freunde gedroht hat

Sebastiani-Spiel

zuletzt sei zum neunzehnten Januar noch ein von der Volkskunde wenig beachteter Brauch besprochen, nämlich das sogenannte Sebastiani-Spiel, das, da es nur im winters unzugänglichen Dorf Obernberg eine lokale, allerdings in den Kirchenbüchern seit 1651 nachweisliche Tradition hat, unverfälscht erhalten geblieben ist, was die bis in Einzelheiten wie Kleidung und Gestik reichende Übereinstimmung des Brauches in seiner heutigen Form (bezeugt durch die Auskünfte des alten Pfarrers von Obernberg, seit 1962 im Altersheim von S., durch die eines Abwanderers, seit zwanzig Jahren Wirt im Nachbardorf A., und ergänzend bestätigt durch behutsame Recherchen des Verfassers während mehrerer Sommeraufenthalte in Obernberg) mit den auf den Fresken der Obernberger Taufkapelle dargestellten Szenen zur Genüge beweist.

das Sebastiani-Spiel wird von sieben bzw. acht ausnahmslos männlichen Kindern aufgeführt, deren keines älter als fünfzehn Jahre sein soll, wobei die Hauptrolle im Unterschied zur Tradition bei den Obernberger Passionsspielen von einem Kind nur einmal gespielt werden darf.

letztgenanntes Kind wird aufgrund von Empfehlungen des Pfarrers Lehrers und der Elternschaft sorgfältig ausgewählt, das heißt, Besitz und Ansehen der Eltern dürfen nicht entscheiden (so ist niemals, wie wir dem Gemeinde- und Kirchenregister entnehmen, ein Kind des reichsten Bauern bzw. des Bürgermeisters ausersehen worden), und beim Erntedankfest als Sebastian des nächsten Spieles vorgestellt, indem es im weißen Kommunionhemd auf die Frage des Priesters „willst du?“ vor dem Hochaltar „ja, ich will!“ sagt und den zehnten Teil der Erntegaben Vater und Mutter übergibt, die der an sie gerichteten Frage „wollt auch ihr?“ „wir wollen!“ erwidern, worauf es vom Bürgermeister den Namen Sebastian verliehen bekommt, welchen Namen es in Hinkunft statt des Familiennamens unmittelbar nach dem Taufnamen führen wird, und zwar über das Spiel hinaus, was unter anderem die Grabinschriften beweisen.

am Nachmittag des achtzehnten Januar schließlich versammelt sich die Gemeinde in der Kirche, jede Familie läßt das mitgebrachte Tannenreisig weihen, während die sieben ausgelosten Kinder mit dem auserwählten achten Kind in der Sakristei angekleidet geschminkt und ein letztes Mal abgefragt werden, und eine Stunde später erwartet jedes Haus hinter der mit Ochsen- Schaf- oder Hühnerblut bestrichenen oder angetropften Tür, jeder Bewohner einen Tannenzweig in der Hand, die Ankunft der Spieler, denen der Mesner, eine brennende Kerze in der Rechten, und zwei Ministranten, einer rußgeschwärzt, mit Glöckchen und Weihrauchfässern voraneilen.

die Ministranten stellen sich links und rechts der der Kirche nächsten Haustür auf, singen die erste Strophe des Weihnachtsliedes „Ein Kind ist uns geboren“, und sobald auch die Spieler eingetroffen sind und ebenso die erste Strophe desselben Liedes gesungen haben, pocht der Mesner drei Mal an die Tür, läßt die Kinder einmarschieren und schließt sie dann hinter ihnen.

der Sebastianspieler, in einen weißen Umhang mit schwarzem Samtkragen gehüllt und in schwarze Schuhe und Strümpfe gekleidet, einen Reisigkranz mit sieben, während des Spieles nicht angezündeten Kerzen auf dem Kopf und ein Gebetbuch in den von einem Rosenkranz umwickelten Händen, wird vom Kreis der anderen Buben (rote Kleidchen über den Schihosen, Papierhelme auf dem Kopf und vergoldete Pappschwerter Hasellanzen Weidenrutenspeere und einer einen Ofenschirmschild in der Hand) vorerst etwas verdeckt, tritt aber, wenn die anderen

„dürfen wir Sebastian spielen? Gott will Euch von Sünde Not und Tod kurieren"

drei Mal im Chor gesprochen haben, vor. hierauf wirft jeder Hausbewohner eine oder mehrere Münzen, aber auch Zuckerl und Nüsse in den vom ältesten Mitspieler aufgehaltenen Klingelbeutel, außen weiß und innen rot, und sobald zwei andere Buben mit den Worten „vergelt's Gott" das Geld durch heftiges Schütteln des Klingelbeutels zum Klingen gebracht haben, antwortet der Familienvater „ja, Ihr sollt Sebastian spielen!", worauf die Frau dem Sebastianspieler eine in ein Glas Schnaps getauchte Bäckerei in den Mund steckt und dann den anderen Kindern auf einem kleinen Bratspieß aufgefädelte Maroni und Äpfel auf den Schild legt.

während die Familie mit den Spielern „Der Heiland ist erstanden" singt (und zwar bei ungerader Jahreszahl zur Melodie des vorher gesungenen Liedes „Ein Kind ist uns geboren“), begleitet das ihm liebste Kind den Sebastianspieler aus dem Vorhaus in die Stube, wo er vom Christbaum ein Stück herunternehmen darf, und kommt sogleich mit ihm zurück; zuletzt berühren die Mitspieler Sebastians Mantel, heben die Schwerter zum Gruß, er schlägt ein Kreuz und spricht, bevor sie weiterziehen, zuerst allein und dann mit den anderen:

„Gott verzeih der Heiden und Armen Sünder
Sünden,
ich bin für den Glauben wie der Heiland für alle
Menschen gestorben,
Gott segne eure Kinder und schütze eure Rinder,
seht mich, ich bezeuge den Glauben,
wer in Gott lebt, dem kann kein Tod das
Ewige Leben rauben!“

so wiederholt sich das Spiel von Haus zu Haus, nur daß jedes Jahr ein anderes, dessen Türpfosten nicht mit Blut bestrichen, aber mit Tannenzweigen geschmückt sind, ausgelassen wird.

sobald mit dem letzten Haus das Ende des Dorfes erreicht ist, leeren die Kinder den Klingelbeutel über einem vom Mesner untergehaltenen Körbchen aus, verteilen untereinander die Zuckerl und Nüsse und laufen dann, während der Mesner und die Ministranten schon auf dem Heimweg sind, singend und schreiend, indem sie die Äpfel ins Feld hinaus werfen einsammeln wieder werfen oder aufessen, bis zur letzten Scheune, hinter der ein Hollerbaum steht und wie auf dem Freskobild über das Dach ragt, verschwinden hinter der Scheune und kehren erst, wenn die Glocken das

Ende der Vesper anzeigen, ins Dorf zurück, wo vor dem zuerst gemiedenen Haus mit der nun schwarz verkleideten Tür ein Mann und eine Frau von ihnen einen Streifen Stoff übernehmen und, nachdem sie diesen besprengt und an die Augen gehoben haben, von den Kindern begleitet in die Kirche tragen, wo er als Kommuniontuch der Morgenmesse über das Speisgitter geschlagen wird.

Beichthörenspiel

ich habe in der letzten Religionsstunde gelacht. ich bin am Sonntag statt in die Kirche zu gehen in den Wald gegangen. ich habe meine ältere Schwester, als sie bestraft wurde, ausgelacht,

eröffnet das Kind seine Beichte (könnte ein Kind ... eröffnen), und während es nach weiteren Sünden sucht(e), hilft ihm (hülfe ihm) der Pfarrer, um etwas nicht Unfreundliches zu sagen, mit einem: du hast also Geschwister und bist, statt die Messe zu feiern, in den Wald gegangen und hast über die Bestrafung eines anderen gelacht! weiter. ja, sagt (würde dann ... sagen) das Kind, und ich habe noch eine jüngere Schwester. ich habe sie, statt mit ihr in die Kirche zu gehen, mit mir in den Wald zu gehen verleitet. ich bin zu ihr oft lieblos gewesen –,

und schon nach diesen Sätzen entgegnet der Pfarrer, vorausgesetzt, er hat eine literarische Beziehung zur Welt und eine so gestörte Beziehung zur Sprache, daß ihm solche Beichtsätze als Auftrag zu philologischer Wahrheitsfindung erscheinen würden (der Hörfehler ‚dort' für ‚oft' im letzten Satz vielleicht ein erster Stromstoß), du kannst dich nicht hinter dem Wort lieblos verstecken, so wird das keine gute Beichte. lieblos sagst du und haßvoll meinst du – du hast ihr also weh getan, vielleicht sehr weh?,

und da bekennt das Kind – um den Pfarrer nicht zu enttäuschen, weit zurückliegende und längst gebeichtete Lieblosigkeiten aufzusuchen gedrängt – ich habe ihr (wobei es, um die Sünde nicht abzuschwächen, statt ‚einmal' oder ‚im letzten Winter' ‚zwei Mal' sagt) die Strickerei aufgetrennt (wobei es voll Scham über die Geringfügigkeit des Vergehens ‚eine Reihe' unterdrückt) und ihr (wobei es, da eine doppelte Bosheit schwerer wiegt als die auf zwei Male aufgeteilte, ‚ein anderes Mal' ausläßt) die Stricknadeln versteckt (obwohl, wie es noch zwischen Objekt und Partizip überlegt, das Verb ‚wegnehmen', da es die Schwester ja nicht suchen lassen hat, genügen würde) und fügt, da der Pfarrer mit einem: und dann?, wie es glaubt, den Abschluß der Beichte fordert, indem ihm wegen des im Sprechen aus der zuletzt gelesenen Lesebuchgeschichte gestohlenen Satzes die Stimme zittert: habe ich sie am Zopfband gezogen! hinzu,

aber da erstreckt sich bereits vor dem Pfarrer die noch finstere Landschaft der wissentlich oder unwissentlich zertrümmerten Geschichte, von den Substantiven Wald – Schwester – Stricknadel abgesteckt, schon taucht das Zopfband als in der Vergangenheit vollendetes Zeichen des Verbums ‚binden' in der Bedeutung ‚jemanden binden' vor dem noch von Nebel verhüllten Hügel: ‚auftrennen' = ‚Kleider herunterreißen' aus der Ebene, und er versteht, indem er das eigentliche Frage- und Antwortspiel aufnimmt, das seinem Mißtrauen unüberquerbar erscheinende Schweigen zwischen den Sätzen des Kindes als Hinweis, das Fragment textkritisch zu ergänzen und zugleich die der Alltags- und Beichtsprache entlehnten Wendungen (je farbloser, desto sicherer als metaphorisch oder symbolisch überhöht zu deuten; je einfacher, desto wahrscheinlicher eine Flucht aus der wahrhaften Beschreibung ins Klischee) in die unmittelbare Buntheit zurückzuführen und so den Urtext der Sünden wiederherzustellen,

und spätestens, wenn er nach den Worten: du mußt das alles der Reihe nach beichten, Reihe für Reihe, wie deine arme Schwester gestrickt hat, fang noch einmal von vorne an, das bleibt ansonsten eine schlechte Beichte! dem nächsten Schweigen: wie also war das? du hast die Stricknadeln an dich genommen und dann die Schwester in den Wald geführt – und dann? erwidert hat, sind auch dem Kind die plötzlich nicht mehr durch ein Mißverständnis des Pfarrers und die eigene Ungeschicklichkeit zufällig nebeneinander gestellten Unzusammengehörigkeiten der Beichtsätze durch die Suggestivität des Wortes Nadel, durch den von ihm selbst verschuldeten Bezug Schwester und durch das Beharren der ordnenden Frage: und dann? zu einem Nacheinander geworden, dessen vom tatsächlichen Geschehen unabhängige Schritte noch nicht in der Erinnerung und daher auch nicht in der Wiedergabe zusammenhängend wiederholt worden sind, und ihm ist, als begriffe es jetzt erst, Heiligenlegenden Indianergeschichten und die sich im Einschlafen als Bettsteigerl gegönnten Schauerbilder durcheinandergemischt vor sich, was es angerichtet hat, und von haltloser Reue erfaßt läßt es sich zurück an den Beginn seiner Scheingeschichte führen.

du hast also die Stricknadeln und Zopfbänder an dich genommen und verborgen und hast hierauf deine Schwester in den Wald mitzukommen verleitet – dort was zu tun? sprich weiter! woraus besteht ein Wald, wenn nicht aus Bäumen, und wen oder was hast du womit woran gebunden? ich habe an ihrem Zopfband gezogen, und weil sie gerade vor einem Baum gestanden ist, habe ich sie mit den Zöpfen an den Baum gebunden. und was mit den Bändern und Händen und dem gestrickten Kleid? ich habe die Hände mit den Bändern gebunden und das Aufgetrennte statt auf einen Knäuel um sie und den Baum gewickelt. und dann? dann habe ich die Stricknadeln versteckt und sie sollte sie suchen!, sucht das Kind in eine Osterhasengeschichte abzuzweigen. und dazu hast du Stricknadeln mitgenommen, ausgerechnet Stricknadeln? sie sollte, wenn ich die Wolle aufgewikkelt hätte, die Reihe das Kleid neu stricken, und dann wollte ich ihr eine schöne Masche binden, sucht das Kind auch das Lesebuch zu versöhnen. und dazu, mein gutes Kind, habest du sie in den Wald zu kommen verleitet? daß du sie gebunden hast, und sei es mit den Zöpfen, brauchst du mir nicht noch einmal zu erzählen! aber hast du denn bis dahin wirklich nicht gewußt, daß Stricknadeln, aus dem Strickzeug gezogen, keine Stricknadeln mehr, sondern nur noch Nadeln sind, Metallnadeln mit scharfen Spitzen? was also mit den Nadeln, wie viele waren es, sprich weiter! und dann?

und dann habe ich sie (wobei dem Kind eine Erinnerung zu Hilfe kommt) habe ich sie mit einer Nadel ein bißchen in den Unterarm gestochen, aber sie hat ja angefangen gehabt! kein aber! mit einer Nadel in den Unterarm sagst du, gut. du wirst ja wissen, warum du Unter- und nicht Oberarm sagst! und nun – wie viele Nadeln waren es? zwei. zwei? was hat sie gestrickt gehabt, nicht etwa Socken? es waren fünf. gut! hast du, das mußt du jetzt noch sagen, jede Nadel einmal verwendet oder zweimal, wie du am Anfang gesagt hast, oder vielleicht doch dreimal und mehrmals und immer wieder herausgezogen und dann wo anders wieder verwendet? siehst du. und jetzt sage noch: warum, bei unserem Heiland, der für uns Sünder gestorben ist, warum hast du das getan?

ich habe sie nur in den Finger gestochen, sie selber hat sich in den Finger gestochen, damit sie nicht einschläft, sucht das Kind bei Wintergeschichten Hilfe, es war bitter kalt und sie war schon so müde und ich konnte die wärmende Höhle nicht finden. nicht finden? du habest die Höhle nicht gefunden und hast trotzdem die Nadel hineingestoßen und mit den Nadeln rote Fäden gestrickt, die wie warme Tropfen deine Finger wärmten? und was war dann? dann sind wir dem roten Faden und den Spuren im Schnee aus der Höhle gefolgt, und als die Messe aus war, waren auch wir wieder zu Hause!, kehrt das Kind wie aus einem ähnlichen Halbschlafbild zurück (und ihm ist, als ob es etwas begreifen würde), und ich habe ihr lange, bevor wir in den Wald gegangen sind, die Nadeln zurückgegeben gehabt, und sie tragt auch keine Zopf maschen mehr, von allen Kindern hat nur noch das Nachbarmädchen Zöpfe.

so war das also, würde der Pfarrer schließen

(schließt . . .), ich habe schon lange befürchtet, daß du lügst, aber ich hätte nie gedacht, daß du so lügst, wie du jetzt gelogen hast: ich habe dich nämlich in der letzten Religionsstunde beobachtet, und du hast gar nicht gelacht, als ich Euch vom heiligen Sebastian und der frommen Jungfrau erzählte, und letzten Sonntag war es nicht kalt und ich habe dich während der Predigt in der Kinderbank knien sehen. warum lügst du so! ich kann dich erst lossprechen, wenn du deine Sünden ehrlich bereut hast. geh jetzt!

und dann verließe (verläßt) das Kind mit Schluckauf die Kirche, und ihm ist, als ob es dort lange gewesen wäre, sieht aber dann das nicht älter gewordene Mädchen des Nachbarn am Kastanienbaum lehnen und hat es schon, es am Zopfband ziehend, gefragt, ob es, Weichseln zu pflükken, mit ihm in den Wald kommen wolle.

unter „Nachtrag“ ein ihm unbekanntes Bild: er sieht sich mit mühsam geöffneten Augen, als schaute er zum ersten Mal aus dem vertrauten Dunkel, in einem Körbchen aus Stroh an ein anderes Kind gedrückt, dessen Lider so gespannt sind, daß sie zugewachsen scheinen. obzwar er gerade aus einer Religionsstunde kommt, schützt ihn der Vergleich mit Welpen und überhaupt die Tatsache, daß sie zu zweit sind, vor dem Gedanken, daß man einmal schon ein Kind in einem Körbchen der Laune eines Flusses überantwortet hat, und ehe ihm über den noch mehr bestürzenden Einfall, immer wieder würden junge Hunde und Katzen zum Teich getragen, wenn sich nicht eine gute Frau in den Weg stellt, die Frage aufsteigt, ob die Mutter nun die Frau ist, die sich zur Umkehr habe bewegen lassen oder die, die ihn entweder samt dem Korb an sich genommen oder bis zur Beschaffung eines Bettes in den Korb zu ihrem eigenen Kind gelegt hat, oder der Verdacht, man habe ihm den Tod eines Zwillingsbruders unterschlagen, erklärt ihm die Mutter, die seine Ratlosigkeit sofort bemerkt, die Geschichte des Bildes: der andere sei der K. D.; ihm doch erzählt, daß sie beide, nur wenige Stunden getrennt, in demselben Krankenhaus geboren worden sind, die Säuglingsschwester am ersten Morgen sie miteinander in einem Körbchen ihr und Frau D. ins Zimmer gebracht, und so habe sie einer der Väter, sie wisse nicht welcher, photographiert. ihre Kinderwagenzeit, wie ein anderes ihm bekanntes Bild beweise, Anlaß zu gemeinsamen Ausfahrten der Mütter, er solle den anderen wegen des gleichen Taufnamens nicht länger als Spielgefährten meiden.

immer wieder im Album geblättert, der Beunruhigung mit der Lupe auf die Spur zu kommen und ihr mit dem schüchtern vorgebrachten Wunsch, beide Familien sollten das Bild auseinanderschneiden und die fremde Hälfte einander zurückerstatten, eine unerhebliche Ursache zu unterschieben gesucht.

das Photo: eine Verwechslung der Kinder vor oder nach dem Korb unwahrscheinlich – beide miteinander weniger Ähnlichkeit als die meisten Kinder (andererseits: daß er bereits auf dem ersten Bild seiner späteren Kindheit besonders gleiche, sage ja nur, daß er er sei). der andere damals schon die schweren Lider der anderen Mutter (gerade dieses Merkmal könnte, ein fataler Zufall, der Anlaß zu einer ungerechtfertigten Korrektur einer nur scheinbaren Vertauschung gewesen sein, wahrscheinlich ohne Wissen der beiden Eltern von der Säuglingsschwester in einer ihrer ersten Stunden vorgenommen).

immer unsicherer, wenn er sein Gesicht in dem der Eltern sucht (die Ähnlichkeit mit Vater oder Mutter, fällt ihm ein, von den Verwandten häufig bestritten oder erst auf eine ausdrückliche Frage bejaht; in der Eisenbahn einmal der Schaffner mit Bestimmtheit einen Fremden als seinen Vater)

die einzige Beruhigung – Zusammentreffen mit den anderen Eltern – im nachhinein ermüdbar:

er sei vorschnell bereit, sagt er sich dann, in seinen Eltern die echten zu erkennen, da ihm sein Zuhause mehr behagt (wie er sich auch im hübscheren Kind allzugern erkannt habe). schließlich mit der Formel: wenn eine Verwechslung, dann im Sinn einer höheren Gerechtigkeit, einverstanden.

Jahre später, längst in der Stadt, durch die von ihm unüberlegt provozierte Frage eines Mädchens (von dem er sich, weil es ihn erst als Erwachsenen kennengelernt hat, am besten gekannt glaubt): wer ist denn dieses schreckliche Kind neben dir? trotz ihrer Sicherheit (die umso erstaunlicher ist, als sie auf vielen späteren Bildern ihn zu erkennen nur zögernd bestätigt hat) wie ein Schlag die Formulierung des eigentlichen Problems: ich bin der andere!
er versteht den Satz zwar nicht, weiß nur, was er nicht bedeutet, wenn er bei sich wiederholt: ich bin der andere, ich habe mich nur daran gewöhnt, daß man mich mit mir verwechselt.

nun öfters in die Heimatstadt. im Gespräch mit dem anderen oder dessen Eltern ganz unbefangen, aber vor dem Bild, das er nicht vernichten kann, jedesmal, und wenn er sich dabei in den Finger sticht, das Erlebnis: der andere, das bin ich, ich selbst nur die Statthalterschaft dieses ungeklärten Ich, das ich mit mir gleichzusetzen gewohnt bin. der andere, das bin ich – und er unterzieht sein ältestes Problem einer Inventur:

niemals die Empfindung einer Halbierung oder eines unkoordinierten ZweimalVorhandenseins, weder Zwilling noch Doppelgänger – nur einen Schnappschuß lang eine wechselseitige Beschränkung der Freiheit. unhaltbar die These: *eine* Existenz, die sich (siehe die Lehre von den platonischen Hälften) nicht mit einem Körper begnügt hat – denn weder eine Anziehung noch eine Abstoßung.

die einzige, sicherlich einseitige Beziehung zu dem anderen nur über das Bild – fließe ich, sobald ich mich lokalisiert habe, in ihn hinüber, weil das Bild eine bald durchschnittene animalische Einheit bewahrt hat (Blutsbrüderschaft im Mutterleib über einen Händedruck der Mütter im Krankenhausgarten?), oder geschieht das in einer vagen Erinnerung an das erste du, das, da die Finger zum allerersten Mal etwas anderes als die eigene Haut berühren, noch als ich erfahren wird? als Erwachsener bin ich ich – aber ist meine frühe Kindheit einem anderen zuzuweisen, gibt es einen, der meine ältesten Träume träumt?

aber auch die Umkehrung solcher Fragen wie: denkt erlebt der andere als er und nur als er? wäre er, was er ist, wenn es mich nicht gäbe? ist er die Verwirklichung einer meiner Möglichkeiten – bin ich dann, da er ist, ich minus er? nicht zu beantworten, daher erst recht nicht Ableitungen oder Folgerungen wie: wenn der andere ich als Erscheinung ist – erlebe ich dann, was ihm bestimmt war, weil die Haut, in der ich geschehen sollte, schon besetzt war? oder ist er nur der Anlaß, daß mir ich und Ich auseinanderfallen? wird mein (sein) Tod für ihn (für mich) von (unausweichlicher) Konsequenz sein?

bei Begegnungen nie der Eindruck: ein Blick in einen angelaufenen Spiegel, nur im nachhinein die Vermutung: manche Bewegung des anderen wie Heiterkeit oder Sehnsucht eine Reaktion auf Impulse, die mir durch ihn verlorengehen.

keine Ähnlichkeit in Gewohnheiten und Schicksal bis auf die chronische Augenentzündung und die Angst vor Narkose. eine äußere Angleichung der Mütter im Alter.

der „liebe Mutter, lieber Vater!“ überschriebene, aber ohne Grußformel und Unterschrift endende Brief beginnt mit der Bitte, die Eltern mögen zuallererst die ohne Abschied vollzogene Abreise entschuldigen, der Aufenthalt zuhause sei ihr angenehm gewesen, und sollten dann das Folgende, ohne sich oder ihr Vorwürfe zu machen oder einem Dritten etwas übel zu nehmen, gleichsam als eine Kurzgeschichte lesen, dann würden auch sie begreifen, daß die verständliche Verstimmung des Bruders und der Schwägerin über das am letzten Morgen mißglückte Kindergartenabenteuer des kleinen Ulrich ohne direkten Einfluß auf ihre Entscheidung geblieben sei – wenn die beiden es als das klügste erachtet hatten, die geliebte, wenn auch nicht wie Vater oder Mutter geliebte Großmutter solle ihn auf dem ersten Weg in den Ernst des Lebens begleiten, hätte sie sich von der Mutter diese Aufgabe nicht erbitten dürfen, nur habe sie, und nur deshalb erwähne sie das, auch wenn sie, scheinbar stolz auf einen gelungenen Streich, mit ihm lachend zurückgekommen sei, so naheliegend der Verdacht auch wäre, da sie ihm oft genug Dialektausdrücke und Unartigkeiten geschenkt habe, den Neffen vor den vielen Kindern wirklich nicht in seiner Abneigung gegen Veränderungen bestärkt oder seiner Angst vor dem Neuen leichtfertig nachgegeben; in einer Klammer wird angefügt, die Mutter solle nun ja nicht, da mehr über den Neffen folge, zu entdecken glauben, daß sie, so wenig ihr Kinder auch immer bedeutet hätten, in Ulrich die Sehnsucht nach einem eigenen Kind erfahren habe, denn „auch Ulrich hat mich nur in einer bestimmten Weise beschäftigt".

„erinnerst Du Dich", beginnt der zweite Absatz, in welchem von dem zweiten Zusammentreffen mit dem Zweieinhalbjährigen anläßlich einer Familienjause berichtet wird, während der die Mutter, von der sie berichtigenden Bemerkung des Sohnes, seine Frau habe als Kind wie Ulrich ausgesehen, provoziert, anhand des Familienalbums zum Verdruß der stolzen Eltern wie zu ihrer Verblüffung – sowenig sie bis dahin auf Sätze wie: „beim Spinat macht Ulrich Faxen wie du!"; „die Judith hat auch immer heimlich geweint!" etcetera gegeben hatte, kindisch bedacht, einmalig gewesen zu sein, oder mißtrauisch, die Mutter halte sie für so egozentrisch, daß ihr Interesse für andere nur durch einen Bezug auf sie selbst zu gewinnen sei – die tatsächlich große Ähnlichkeit zwischen ihr im gleichen Alter und dem Neffen so überzeugend nachweisen können habe, daß dem Bruder keine klügere Antwort als die, daß Kinder die Züge der näheren Verwandten bis zur Entscheidung für ein eigenes Gesicht gleichsam durchprobierten, eingefallen sei, und als einen Augenblick später Ulrich genau so beleidigt wie sie auf dem eben betrachteten Photo mit dem Dackel dreingeschen habe, hätten alle bis auf sie selbst und Ulrich gelacht; trotzdem habe sie nach dem Aufbruch der Bruderfamilie die Mutter mit solchen Bemerkungen die Schwiegertochter nicht zu kränken gebeten, aber die Mutter habe, wie sie sich vielleicht erinnern könne, lachend erwidert, diese solle froh sein, daß dem Kind die Nase des Vaters und ihr Unterkiefer erspart geblieben sei, und tagsdarauf hinzugefügt, der Bruder habe sie gefragt, bis in welches Alter die Schwester mit der Zunge angestoßen und im schnellen Sprechen gestottert habe, er werde täglich erinnert, wie der Vater vor Jahren sie nachgemacht habe; in Klammer folgt die Bemerkung, sie habe sich damals zum ersten Mal gefragt, ob auch sie das heimliche Bedürfnis sich weiterzugeben habe, warum sonst hätte sie fast erheitert die Schwägerin von der vom Kinderarzt diagnostizierten leichten Rachitis berichten hören und während des mit Mühe unterdrückten Hinweises auf ihre HöhensonneBestrahlungen wünschen sollen, die Ähnlichkeit möge nicht allzu bald verloren gehen.

die zweite Briefseite gilt dem nächsten Wiedersehen während der darauffolgenden Weihnachtsferien, als das Kind drei Jahre alt geworden war – „Vater wird sich erinnern", ihr die ihm und der Mutter geschenkte Photoserie von dem im Schnee spielenden Kind mit den Worten, seit es der Mutter gelungen sei, durch ein in die unterbelichteten Photos aus dem Spätherbst eingeschwindeltes Bild die Schwiegertochter zu täuschen, würden von ihm nur mehr Farbaufnahmen gemacht, gezeigt zu haben: einen Augenblick sei ihr gewesen, als ob sich die Eltern, ohne das natürlich zu wissen, nicht damit abfinden könnten, daß sie nicht die Frau ihres Bruders sei, aber als sie sie dann mit Ulrich über das Christkind habe reden hören, habe sie sich gefreut, daß sie sich, wenn sie selbst schon in schlechten Zeiten ein Kind gewesen sei, im Enkelkind für die damals nicht bereiteten Freuden entschädigen könnten, der Vater für ihre in Rußland versäumte kindlichste Zeit, und sie habe beschämt verstanden, daß die Eltern an ihrem Stellvertreter die von ihr seit Jahren zurückgewiesene Fürsorglichkeit ausleben würden; „selbst jetzt noch, liebe Mutter, freue ich mich", heißt es weiter, „daß Du mir den für Ulrich gekauften Fellhasen, als ich ‚wie lieb!' ausrief, mit den Worten, er liebe wie ich eigentlich nur den Teddybären, geschenkt hast" – um zu bekräftigen, daß sie verstanden habe, nach wie vor das Lieblingskind zu sein, habe sie diesen behalten, auch wenn sie, während sie ihn vor Ulrich versteckte, zum ersten Mal gedacht habe, dieser sei im Begriff, ihr ein ernstes Problem zu werden; nun aber wolle sie das Spielzeug, ob Ulrich für dieses nun zu groß sei oder nicht, zurückgeben, dankbar, daß sie, als sie ihn, die neue Lokomotive vor sich, unterm Christbaum beobachtet habe, auf Augenblicke wieder gewußt hätte, in welcher Beziehung einmal Engel zu schmelzendem Wachs gestanden seien, was es mit der dem Bruder an einem Weihnachtsabend weggenommenen Lokomotive für eine Bewandtnis gehabt habe.

„zu Ostern", beginnt der nächste Absatz, „habe ich sofort gewußt, wo das Nest versteckt ist, und während Ulrich den Quittenstrauch wie einen See umwanderte, war dieser wie die Lokomotive ein dem Zugriff der Zeit gespenstisch entzogener Inselberg meines seit dreißig Jahren versunkenen Landes, aber vor meinem roten und grünen Osterei habe ich bedauert, daß seine Kindheit nicht ganz seine Kindheit ist", denn sie und die Eltern hätten ihn vor dem Osternest etcetera nicht nur in bezug auf gemeinsame Ostererinnerungen erlebt, sondern hätten ihn Ostern vor allem als das, was es ihr gewesen war, erleben lassen.

„und dann", beginnt die dritte Briefseite in anderer Tinte, „die Sommerferien – umso öfter ihr mich ans Fenster gerufen habt, damit ich sähe, wie ungeschickt und mit wie vorgestrecktem Bauch ich die Gießkanne ergriffen hätte, wie wehleidig und x-beinig ich bloßfüßig auf dem Kies, mußte ich denken, wie beklemmend es für ein heutiges Kind einmal sein wird, ein Tonband oder einen Film seiner Kindheit, aber noch öfter: wann wird sich seine Kindheit von mir lösen, schon ein mir fremd gebliebenes Spiel käme mir wie ein Verrat vor! und dann der Tag, an dem Du, liebe Mutter, unterm Fenster, als Ulrich, wie ich dann herausgefunden habe, auf die Straße laufen wollte, ‚Judith!' gerufen hast" – sie habe sofort gewußt, daß die Mutter, ohne das zu merken, die Namen verwechselt hatte, und habe, als sich das mehrmals wiederholte – zweimal habe die Mutter sich lachend korrigiert –, ohne sich dabei des alten Unbehagens, wenn ein anderes Kind mit ihrem Namen gerufen wurde, zu erinnern, nicht mehr an einen durch die Gleichheit der Situation und den Gleichklang der Namen verursachten Zufall geglaubt: „er ist wirklich die Wiederkehr meiner Kindheit, was wird sein, wenn das auch die Mutter begreift – was wird dann mit mir sein!“, habe es sie immer wieder durchfahren, „wir haben ihn, daß ich als Kind mithilfe des Gießkannenrohres wie ein Hirsch röhren konnte, zu beweisen mißbraucht, und nun ist er meine Kindheit!“

um herauszufinden, wie ein anderer in ihre Kindheit gefunden hätte, heißt es dann weiter, habe sie, sooft nun Ulrich in ihr Zimmer gekommen sei, nicht mehr keine Zeit zu haben vorgegeben, sie seien befangen vertraut und distanziert befreundet miteinander dorthin gegangen, wohin sie als Kind immer allein gegangen sei, zu den Baumwurzeln auf dem Kreuzberg und zu der Stiege hinter der Kirche, und wenn sie, ohne miteinander zu reden, vor einer Zeichnung gesessen hätten, habe sie sich langsam an den Gedanken, daß neben ihr sie als Erwachsene sitze, gewöhnt: manchmal sei ihr, wenn sie ihm einen Buntstift weggenommen habe oder sich von ihm einen Buntstift habe wegnehmen lassen, ihre Kindheit in einen Traum zurückgesunken und, wenn er dann ihr blaues Schiff genau so rot wie damals beladen hätte, als etwas, das jetzt erst geschieht, zurückgekommen – „höhlt er meine Kindheit aus, wenn er, was er tut, so tut, wie ich es getan habe, oder tu ich erst durch ihn, was ich getan habe?“, habe sie sich gefragt und, um sich zu retten, bei dem Elternwort: ‚mein Kind soll es einmal besser haben!‘ Zuflucht gesucht. sie werde ihn, habe sie sich vorgenommen, da sie wisse, wie alles weitergehe, wenn sie nicht eingreifen würde, in die Bahn lenken, die sie verfehlt habe oder die nur dann, wenn sie nicht ein Mädchen gewesen wäre, ihre Bahn hätte werden können, indem sie ihm Mut machen würde, etwas beim ersten Mal Unterlassenes ein unverhofftes zweites Mal doch zu tun; sie habe sich aber auch gefragt, ob sie, durch ein Wunder wieder zum Kind geworden, als Erwachsene nicht überflüssig oder sogar ein Widerspruch sei oder ob sie nur mehr das sei, was, zu einem Kind zu werden ungeeignet, von ihr als der, die sie vor Ulrich gewesen war, übrig geblieben sei.

„noch bevor ich vor der Tür des Kindergartens", heißt es im Schlußteil des Briefes, „eingesehen habe, daß zumindest meine Angst vor fremden Kindern trotz dem Zureden meiner Vernunft unüberwindlich ist und daß es somit besser sei, das Risiko eines gleichen zweiten Males mit einem drei Jahre jüngeren Zeugen meiner Kindheit zum Vater und den nun im Umgang mit mir erfahreneren Eltern als zweiten Eltern einzugehen", habe sie überlegt, ob sie als falsches Resultat ihrer und somit auch seiner Kindheit seinen Weg verstelle und ihn dadurch zwinge, wieder ein anderer als der, der er werden sollte, zu werden, in optimistischen Augenblicken sich geantwortet, daß sie als Verwirklichung einiger der ungünstigen Möglichkeiten, die ihm gegeben sind, den Weg, der zu diesen führe, blockiere und somit als besetztes Feld ihn wie in einem Brettspiel anders zu gehen zwinge, aber in ratlosen Augenblicken die Frage hinzugefügt, ob die Weichen für seine Bahn nicht wie vielleicht auch einmal die ihren lange vor ihm gestellt worden seien, sodaß es dann gleichgültig wäre, was immer sie täte oder unterließe – denn wenn er als Zweijähriger wie sie als Zweijährige gewesen sei, mit vier Jahren wie sie mit vier sei, würde er auch mit zwölf wie sie mit zwölf und mit siebenunddreißig wie sie mit siebenunddreißig sein, unabhängig davon, ob sie dann noch wäre oder nicht mehr wäre.

nur wenn sie beobachtet habe, wie ihn die Mutter offensichtlich zu einer ihrer Entdeckungen oder Enttäuschungen veranlaßt hätte, habe sie sich eingestanden, beginnt die letzte Seite, „daß Du, liebe Mutter, wenn Du ihm schon als Vierjährigem zu meinem Lieblingsspielzeug Gießkanne verholfen hast, ihn z. B. mit elf Jahren nicht dorthin drängen können würdest, wo ich mit elf Jahren gewesen bin, wenn ich mit zehn gestorben wäre!“, und daher sei ihr der Gedanke, mit jedem Tag, den sie lebe, würde sie ihm auch als Erwachsenem eine neue Wendung und Richtung geben, eine Last geworden. „natürlich“, beginnt der letzte Absatz, „habe ich mir nicht nur um meine und Ulrichs Zukunft Sorgen gemacht oder überlegt, ob Dein Tod, verzeih, seine und somit auch meine Rettung wäre“ – mehrmals habe sie die Mutter fragen wollen, ob diese ihn vor allem liebe, weil ihr in ihm der damals nicht geschenkte Sohn nun doch geworden sei, und ob sie sie selbst in ihm daher noch mehr als damals liebe, und dann habe sie nach einer letzten Rückkehr zu dem Gedanken, sie müsse gehen, sonst folge er ihr wie Wasser dem von anderem Wasser gegrabenen Weg, endlich erkannt, was Ulrich für sie sei: ihm werde, ohne daß er von ihrem Weg abgehalten werden müsse, all das selbstverständlich sein, was ihr nur mit Anstrengung oder Selbsttäuschung möglich gewesen sei, sie werde in ihm all das tun und sein, wofür sie sich, da sie es nicht tun konnte und es nicht gewesen sei, mit Seiltänzereien mühsam entschädigt habe, er werde bald/sie werde bald am liebsten mit der Lokomotive spielen, ohne daß diese einem Bruder gehört. „ich habe“, endet der Brief, „ein Kanalnetz mühsam angelegt, und nun, wo es zerstört ist, springt eine Quelle auf – jetzt bin ich wirklich da.“

der Schimmel

vorausgeschickt sei, inwiefern meine Unsicherheit während der Minuten am Fenster, nachdem die Mutter dem Vater vom Gang in die Küche herein „... Schimmel ... Hof ... hinunter!“ zugerufen hatte und ihm dann, obwohl die Suppe schon auf dem Tisch stand, vorausgeeilt war, durch dic Umstände begründet war, inwiefern mir durch diese die Wahrscheinlichkeiten von Möglichkeit und Gegenmöglichkeit so ausgewogen waren, daß mir jede Beobachtung (wenn ich, gleichsam aus einer Loge, in bezug auf die eine nicht doch ein theatralisches Verhalten wenigstens der Mutter vorausgesetzt hätte) als Beweis für die eine wie für die andere gleich plausibel erscheinen müssen hätte:

der unter den Wohnzimmerfenstern der elterlichen Wohnung gelegene Hof über die Kindheit hinaus ein aufgeschotterter Platz der Große, daß z. B. das Pferdefuhrwerk unseres Hausherrn, heute wie damals Fleischhauer und Viehhändler, vor dem im Anbau an unser Kinderzimmer befindlichen Heuboden abgeladen und gleichzeitig ein Rind aus dem unter dem Wohnzimmer gelegenen Stall den Bauern vorgeführt werden konnte, wozu mein Vater, der gelegentlich Pferde „seiner“ Bauern auf einer Strohmatte in einer Ecke des Hofes operierte, als beider Parteien Vertrauensmann gerne beigezogen wurde, und dieser Hof ist er für mich, da ich selten zu Hause zu Besuch bin, eigentlich geblieben, auch wenn er seit etwa zehn Jahren ein Parkplatz und vor allem eine Betondecke mit einigen Kanalschächten über einer Sickergrube ist, in welche, da ein Schlachthaus um unsere Kirschbaum- und Holzstoßsommer gebaut worden ist, während der Sechzig- bis HundertSchweinemontage und -dienstage schon eine Stunde nach dem Antransport gewässertes Blut und unter dem Wasserstrahl schäumender Kot fließt, und der Ausruf der Mutter über den Schimmel, dem Tonfall nach, wenn ich meine Überraschung abziehe, nicht mehr Verwunderung als Ermahnung, es sei für den Vater Zeit, einer dienstlichen Verpflichtung nachzukommen (obwohl er die Praxis längst aufgegeben hat, wird er noch manchmal um ein Gutachten gebeten, wie er auch bei Einkäufen des Viehhändlers, seltener des Fleischhauers, gebeten und ungebeten seine Meinung äußert), hatte mir den Hof trotz der wie an allen ersten Ferientagen widerwillig hingenommenen Revision des alten Bildes auf Augenblicke wieder zu unserem Hof gemacht, aber noch im Aufspringen habe ich mich wieder gesetzt, da mir, ohne daß mir über das Wort „Schimmel" die als letzte aus Amstetten verschwundenen Pferde der Leichenbestattung als Gegenbild eingefallen wären, „Schimmel" als „Schimmel in einem Fleischhauerhof" plötzlich etwas mit einer Gespensterwirklichkeit war, vielleicht, weil mir die wenigen weißen Pferde, die ich auf Wiesen statt auf Bildern gesehen habe, immer wie geträumte Pferde vorgekommen sind, und das mir eine Warnung der Angst, ich würde das Pferd, über dessen

Schicksal der Vater vermutlich entscheiden sollte, in den Schlachtraum geführt werden und zuvor die Mutter, die vor Jahren geritten ist, vergeblich andere Vorschläge machen sehen.

aber als die Mutter, obwohl sie von schlimmen Absichten nun schon wissen müßte, nicht zurückkommt und das Auf und Ab des also doch für eine schwierigere Diagnose dem Vater vorgeführten Pferdes, Schulterklopfen und vor allem Sätze wie „brav ist der Hansi, ja!“ ins Zimmer dringen und auch die Erinnerung, daß im Hof bzw. Nebenhof jemals ein Pferd geschlachtet worden sei, ausbleibt (wie es in Amstetten bis heute keinen Pferdefleischhauer gibt), die Gewißheit, daß kaum über ein bereits dem Fleischhauer übergebenes Pferd der Tierarzt befragt werden würde und auch (an Donnerstagen und Freitagen wird in der Regel nur aufgearbeitet) die Notschlachtung eines schwer verletzten Tieres auszuschließen sei: in der Absicht, das Gesicht des Schimmels vorerst zu meiden und die Versammelten in bezug auf das Bevorstehende bzw. die Zukunft des Pferdes einzuschätzen und, wenn nötig, die Mutter in ihren Bitten zu unterstützen, an das schnell geschlossene Fenster getreten.

etwa zehn Meter von der geschlossenen Tür des Schlachtraumes entfernt (hinter den Milchglasfenstern kein Licht) und dieser das Hinterteil zugekehrt, ein hellgraues Pferd mit dunkleren Flecken und schwarzen Punkten, weißer Mähne und weißem Schweif, weder muskulös noch mager, sicher ein gut gehaltenes älteres Pferd, vorerst von sechs Personen (drei davon Betriebszugehörige, der einzig mir Fremde vermutlich der Besitzer) umgeben.

am wichtigsten für die Einschätzung der Situation wohl das Verhalten der Mutter: sie steht genau vor dem Pferd, greift nach dem Zügel, noch in der Linken des einen Lastwagenchauffeurs, zieht das Pferd an sich heran und beklopft ihm den Nacken (würde die Mutter, die den Lieblingshund während der tödlichen Injektion gehalten und erst nachher geweint hat, sich erst mit der letzten Berührung des Pferdes verraten oder, um sich nicht dem Kopfschütteln der Burschen auszusetzen, ohne Abschied genommen zu haben sich abwenden und vielleicht auch noch „Mahlzeit!" sagen? – daher, falls es schlecht stünde, gewünscht, ihr Weggehen zu versäumen, als müßte ich ansonsten etwas über sie an meinem Totenbett erfahren), dreht sich dann nach einer der drei Verkäuferinnen der Fleischbank, die eben – Mittagspause – aus der ebenerdig gelegenen Betriebsküche herbeigelaufen sind und nun neugierig herumstehen, um, sagt dieser etwas und tätschelt dann wieder, ihm zunickend, seinen Nacken ohne jeden Ausdruck von Befangenheit, und in ihren Bewegungen, wenn schon nicht in ihrem Gesicht (jetzt aber, als das Pferd die Schnauze gegen ihre Schürze stößt, lacht sie und sagt etwas zu dem Chauffeur), die Freude, endlich wieder ein Pferd vor sich zu haben (würde, wenn sich schon die Mutter immer noch Zeit ließe, dem Pferd telephonisch einen Gnadenplatz zu vermitteln, nicht eines der Mädchen, keines älter als siebzehn, da es, daß man Sterbende nicht verlassen soll, noch nicht wüßte, aus Grauen vor den anderen davongestürzt sein oder während der traurigen Mitteilung sich wenigstens an den Mund gegriffen haben, wie es alle drei etwas später kichernd tun, wenigstens das eine, das oft aus Heimweh weint?), und da laufen schon zwei der Mädchen über den Hof davon, aber noch als ich mich abwenden will, kommen sie vom Küchenfenster, jedes, wie sich gleich herausstellt, einige Zuckerstücke in der Faust, zurück, und die Mutter zeigt dem Mädchen, das lachend-schreiend den zwischen zwei Fingern dem Pferd hingehaltenen Zucker fallen lassen hat, wie es die Hand halten solle, und amüsiert sich offensichtlich über dessen Ängstlichkeit (kann das, das kann nicht die Henkersmahlzeit sein, auch wenn der Einwand, Schlachtvieh würde vierundzwanzig Stunden ausgehungert, durch die paar Zuckerstücke nicht widerlegt werden würde, denn wie könnte die Mutter von dem, was folgen würde, so heiter absehen können – aber wie hätte es ansonsten Bewohner des Marktes Mauthausen gegeben!), und währenddessen ist der Vater mit dem sorgenvollen Ausdruck, den er, ohne daß das etwas zu bedeuten hat, bekommt, wenn er seine schlechten Augen anstrengt, mehrmals um das Pferd herumgegangen, neben sich den älteren Sohn des Fleischhauers im dunklen Arbeitsmantel, welchen dieser, wenn er als Viehhändler unterwegs ist, trägt, hat das Kniegelenk des linken Vorderbeines berührt (während ich mich frage, ob den Vater, wenn die Schlachtung bereits feststünde, ein sicher nicht ungewöhnlich geschwollenes Gelenk wirklich noch interessieren würde, habe ich, als er nun auch dem Fremden die Hand an das Fußgelenk führt und diesem so die Diagnose begründet, die Antwort vergessen, daß der Vater zum Zeitvertreib die an solchen Fragen sicherlich interessierten Fleischer, ohne daß das für das Schicksal des Schimmels von Belang wäre, belehren könnte), beugt sich nun, wobei er sich am Rücken des Pferdes anhält, zum Bauch hinunter (wäre er „für nichts und wieder nichts" dazu nicht zu bequem?) und scheint, auch wenn sein Begutachten (ohne daß ich sagen könnte, woran das liegt) mehr dem Besichtigen eines Motorrades als seinen früheren Untersuchungen gleicht, mit dem Juniorchef in der Auffassung übereinzustimmen, trotz allen Mängeln sei das Pferd nicht zu teuer gekauft; der junge Mann wendet sich nun flüsternd zum Chauffeur, schon grinsen beide Männer zu den Mädchen hinüber, die tuschelnd abseits stehen und bisweilen, das Pferd genauer zu betrachten, den Oberkörper seitlich biegen oder, etwas zurückgebeugt, in die Knie gehen: da begreife auch ich (während die Mutter dem Pferd nach einem längeren Widerstand des Kopfschüttelns und Kopfzurückreißens die Lefzen entblößt, ihm ins Maul schaut und vom Nicken des Vaters vermutlich die richtige Schätzung des Alters bestätigt bekommt), daß sie sich über das Geschlecht des Pferdes informiert, ja vielleicht über das unterhalten haben, was nun auch ich mich frage (ist die Überdehnung zu einem etwa fünfundzwanzig Zentimeter langen Schlauch ein Symptom des Alters oder einer Krankheit – hat sich deshalb der Vater gebückt? – oder eine Folge der Kastration oder ein Zeichen der Erregung über die Freundlichkeit der vielen Leute oder der Beunruhigung wegen des Blutgeruchs an einem der Burschen?), denn als der Chauffeur zu ihnen tritt, errötet die eine und die andere lacht –

während dessen, vielleicht über die Befürchtung, einer der Herumstehenden könnte auch mich beobachtet haben, die Bedenken, wem ein eben noch liebkostes Pferd plötzlich zum Objekt solcher Betrachtungen werden kann, der könnte genauso auf ein paar „menschliche" Minuten von der knapp bevorstehenden Objektwerdung des Pferdes absehen, aber als sich dieser Verdacht durch die Entdeckung, daß der (ehemalige) Besitzer nicht anwesend ist, verstärkt, da der Fremde nun die Garagentür aufsperrt (und somit ein neuer Chauffeur der Fleischhauerei ist), steht der jüngere Sohn des Fleischhauers in weißem Hemd weißer Hose weißem Schurz, ein weißes Schifferl schräg in der Stirn (in welcher Aufmachung er im Unterschied zu den Gummischurztagen donnerstags und freitags in der Fleischbank den Kunden das Fleisch aufbereitet), neben der Mutter, bläst dem Pferd die Stirnlocke aus dem Gesicht, ordnet ihm einige aus der Mähne auf die andere Seite des Nackens verirrte Strähnen und lehnt, indem er den Zügel verkürzt, sein Gesicht an die Wange des Pferdes und tritt so einen Augenblick an die Stelle des Kavalleriesoldaten aus dem Kriegsalbum des Vaters – es kann nichts geschehen, sage ich mir, das würde er nicht tun, wenn etwas Schlimmes beabsichtigt wäre, außer er würde photographiert; nur in einer Geschichte – Irreführung des Lesers – wäre ein Fleischerbursch verdächtig, der wie ein

Bäckerlehrling aussieht und sich nicht wie ein Fleischhauer verhält; es kann nichts geschehen, wiederhole ich, denn als Lehrling müßte er bei der Schlachtung des ausgefallenen Lehrobjektes Pferd ganz bestimmt dabei sein, und wie würde einer, welcher roh genug ist, ein Pferd, das er beim Namen genannt und liebkost hat, zu töten, mit diesem seine Zeit verschwenden? er weiß schon lange, daß ein Schlächter, um Konflikte zu meiden, das zur Schlachtung übernommene Vieh nicht mehr als Tier betrachtet: oder wäre das, was, sollte es doch zur Schlachtung kommen, als Verlogenheit und sentimentale Brutalität erscheinen müßte, nur ein Problem des Stiles: wie sollte man ein Pferd, das gleich nicht mehr sein wird, anders als ein Pferd, das noch viele Male gestreichelt werden wird, streicheln können, wäre der Unterschied, wenn es ihn gäbe, aus der Entfernung auszunehmen?

inzwischen hat das Pferd, wieder am längeren Zügel, wohl um ein neues Stück Zucker zu erbetteln, das Maul mehrmals hintereinander auf- und zugemacht, was der von der Garage Zurückkommende lachend imitiert, und bietet nun, da das Kunststück erfolglos geblieben ist, die Zähne zur Kontrolle an, und da reicht ihm der Juniorchef, von der Mutter dazu animiert, endlich den Zucker: zum ersten Mal die Sicherheit, daß, wahrscheinlich von der Mutter als ein wirksameres Mittel als Bitten von Anfang an erkannt und vorsichtig gefördert, eine alle einschließende persönliche Beziehung, ja freundschaftliche Vertrautheit, zu dem Schimmel erreicht ist, die nun nicht mehr rückgängig zu machen ist, ja in die sich vielleicht keiner, der nicht insgeheim auf eine glückliche Wendung gehofft haben würde, eingelassen hätte, auch wenn eine andere Lösung schwer zu finden sein wird: wie etwa sollte dem mit der Angelegenheit betrauten Fleischhauersohn, dem dank dem glücklichen Temperament des Pferdes und der Unbefangenheit der Mutter, die wahrscheinlich mit seiner Kindheit auf dem Kutschbock gerechnet hat, die Stirn, die sich ihm als etwas, die Hand darauf zu legen, bestimmt hat, zu etwas, mit dem Bolzen zu treffen, werden können (mag er sich auch nächsten Tag überrumpelt fühlen), ja wie sollte der Augenblick, in dem aus Spiel Ernst wird, beschaffen sein, wie sollte der, der eben noch mit dem Pferd redet, zu den anderen „nun aber los!" sagen können!

aber als sich ein Mädchen entfernt, die Angst, daß keiner der Versammelten „wir können es nicht tun!" zu sagen wagen würde, daß sofort einer einen anderen, scheinbar zum Aufbruch mahnend, mit der Bitte um ein erstes Nein ernst ansehen oder ein Unbeteiligter von innen die Tür aufsperren würde, wodurch der Zauber vergehen müßte und alle, den Unbelasteten zur Vollstreckung allein zurücklassend, sich entfernen würden. wie der kleine Fleischhauer noch einmal den Kopf des Schimmels tätschelt, das Fenster verlassen: die Zärtlichkeit der Männer kein Grund, daß sie das Pferd nicht töten werden –

ihre Unaufrichtigkeit dann ein Zeichen, daß der Umgang mit dem Tod sie nicht verroht hat, da sie das Pferd in der fremden Umgebung nicht allein warten und unruhig werden lassen wollen, nur die Mutter sollte, da auch der Bauer nicht im Hof ist, diese Einsicht zu praktizieren genau so wenig fähig sein, wie einem zum Tod Verurteilten das Lieblingsessen zu kochen und zu bringen, und als ich wieder hinunterschaue, ist der Hof leer.

die Mutter auf die erst nach dem Mittagessen ängstlich gestellte Frage: „er war ja schon dreißig Jahre alt!“

der Tag der Schweine

natürlich könntest du, da du selten ins Elternhaus kommst und noch seltener ein Schlachttag-(montag) und ein Heiliger Abend zusammenfallen, aus dem Schlachthof unter deinem Fenster, noch dazu, da dieser erst vor wenigen Jahren aus dem Nebenhof dorthin verlegt worden ist, eine zumindest durch das Datum und durch deine diesem gemäße Stimmung als Weihnachtsgeschichte (‚Morgendämmerung des Hl. Abends 1973') gerechtfertigte Geschichte machen, nicht zuletzt, um an einem Beispiel zu zeigen, daß ein Schriftsteller wenigstens durch die Wahl des Bezuges über seine Stoffe verfügt:

über Nacht zwar nicht der erste Schnee gefallen (könntest du etwa beginnen), aber das Nebelnieseln erfüllt den TauetHimmel- bzw. WolkenregnetIhnherabWunsch, wie vor fünfundzwanzig Jahren durchs Schlafzimmerfenster aus der Roratemesse herübergeweht, genau so gut, wenn nicht besser (könntest du dich am Wohnzimmerfenster verschlafen feststellen lassen), wie auch der Ostwind als ein Heiland den Himmel bald aufreißen wird, wenn schon nebenan dieses schöne Lied noch immer nicht gesungen wird (was wahrscheinlich ein überflüssiger Zusatz wäre), und schließlich bist du ja nicht wie die Weihnachtsbilderbuchkinder, den ersten Schnee zu entdecken, im Nachthemd ans Fenster getreten, sondern geweckt von dem Lärm im Hof unter dir und weißt auch schon wieder, daß der Pumperer (warum nicht sollte dir ein Wort aus der Zeit, in der nicht nur um den sechsten Dezember ‚gepumpert' worden ist, einfallen dürfen?), daß der Pumperer, den du etwa eine Stunde vorher unter deinem Bett gehört hast, nicht ein zweites Mal scheinbar die Ankündigung der um diese Jahreszeit ungewöhnlichen und daher fast wunderbaren Geburt eines Kalbes war, die sich wie damals, als du den Vater im Stall nachzusehen zu wecken verabsäumt hattest – mit der Ahnung, wie kalt es außerhalb der Tuchent wäre, schon wieder eingeschlafen –, als die Strangulierung eines an der kurzen Eisenkette ausgerutschten Rindes herausstellen würde, denn das kann nur – der Stall seit zehn Jahren eine Garage – die ins Schloß fallende Eisentür gewesen sein (um wenigstens die Anspielung auf den bethlehemitischen Kindermord zu rechtfertigen, müßtest du dir ein Schwein erfinden, welches in der Garage Zuflucht gefunden hat), und während du in den Hof hinunterschaust, bringt dich das Wort der Mutter ‚muß das wirklich heute sein?' (‚am Heiligen Abend, das ist doch eine Schweinerei!', hatte sie gesagt, aber das könnte in der Wiedergabe als ein Wortspiel erscheinen) dazu, die letzte Adventdämmerung nach Weihnachtsdetails zu durchsuchen (sie könne ja den Burschen eine Weihnachtswaffenruhe vorschlagen oder Ochs- und Schweinweihnachtskarten anfertigen lassen, hast du ihr nicht einmal zurückgesagt):

weihnachtlich der Schlachthof wie ein als Hinweis auf den Karfreitag in die Weihnachtskrippe gelegter Kruzifixus, und weihnachtlich-weihnachtlich z. B. die wie die Kirchenfenster auf der Schlafzimmerseite erleuchteten Milchglasfenster und Milchglastüren der dem Schlachtraum angeschlossenen Aufbereitungsräume und Selchkammern mit dem Schlotturm, das Neonfirmenzeichen auf dem Hochhaus der Nordstern-Versicherungsanstalt, scheinbar über dem Schlot, ein zu früh herbeigerufener Stern von Bethlehem, die Adventkalendertür des Schlachtraumes, der kleine Batterie-Christbaum auf einem Führerhaus der zwei Lastwagen und auch der Wunsch, das, was sogleich unter dir vorgeht, harmlosen Wirklichkeiten anzunähern, auch wenn es dir nicht einmal in einem Vergleich gelingt, aus den weißen Gummimänteln und Gummischürzen von Schnee vermummte Mettengänger zu machen oder wenigstens aus den Lastwagen, von hellen Planen überspannt, bald erlöste Geisterschiffe, denn die Männer in den Nordseestiefeln senken nicht Fallreeps auf den Kai, sondern haben schon die Bordwand der Verladerampe verbunden und dir so das Geröchel zurückgerufen, auch wenn das Grunzen der Schweine auf den Wagen und dem abgekoppelten Anhänger nicht einmal noch das ist, welches am Morgen den mit zwei vollen Kübeln in den Stall tretenden Bauern begrüßt; aber kaum ist das Traumgrunzen einiger zu einem Hungergeschrei geworden, werden dir die Schlächter doch zu Matrosen und die Lastwagen zu Schiffen in einem Sturm: denn während in deiner Kindheit immer nur einer der Burschen mit sanften Fußtritten und leichten Schlägen (was sicher eine gemilderte Erinnerung ist) ein paar Schweine vor sich her getrieben hat, deren Geschrei du (wohl um dich vom Mitleid fernzuhalten und weil dir der Blutgeruch an den Burschen noch nicht zu denken gegeben hat) ‚wehleidig' genannt hast, klettern nun ihrer vier auf die Wagen, steigen, wie du an der Verbeulung der Planen erkennst, über die schlafenden, großteils dadurch geweckten Schweine ganz nach hinten an die Wand vor dem Führerhaus (‚die Schweine wollen oben bleiben, dort ist es warm', sagt die Mutter) und stimmen dann einen befremdlichen, weil anziehenden, sicherlich seit langem eingeübten Gesang an –

ihre langgezogenen, dank den Planen wohl nur scheinbar gedämpften hohe-hohe-hohe-Rufe gehen in ein zweistimmiges hu-hi-hi-í! über, besonders zart eine Kopfstimme, die sich offenbar gerne hört: nichts an dem Lied eine Ungeduld oder Verspottung, am ehesten ein stilisiertes Quietschen junger Schweine, von der Dauer der Töne und dem Rhythmus abgesehen dem pí-pipipipi-Lockruf für Hühner verwandt (vielleicht werde ich mich in der Mette, wenn die Ministranten, dem Jesukind ein Ständchen darzubringen, die Krippe umstehen, daran erinnern), und zugleich wie der Wind in einem Rauchfang oder der Choral von siedendem Wasser, als sollten nicht nur die einen Schweine beruhigt bzw. die Ruhe der anderen erhalten, sondern alle in den Schlaf gesungen werden –

der Ansatz zu einem Geschrei, mit der Wanderung der Schlächter durch die Wagen entstanden, verstummt, und die Schweine verlassen in einem geordneten Zug, meist in Sechserreihen, über die mit Querleisten als primitiven Stufen versehene

Bordwand die Arche und sammeln sich in den vier Abteilen vor dem Schlachtraum, wobei während ihrer Zuweisung, die offensichtlich weder Alter noch Gewicht berücksichtigt, die hu-hi-Rufe dem ho-ruck-Kommando beim Kabelziehen ähnlicher werden.

natürlich erwartest du auch am Heiligen Abend kein Hubertuskreuz zwischen den Schweineohren, das die Schlächter auf die Knie fallen ließe, nur die Füße und Beine der Schweine erinnern dich an Stöckelschuhe und rosa Seidenstrümpfe, und sie steigen dir, da sie in der Dämmerung weiß oder rosa wie erst nach dem heißen Wasser sind und doch etwas rutschen, als Arme Sünder (vom langen Schlaf benommen und von der Dunkelheit blind) am Jüngsten Tag von den Wagen,

und da du nur vor Kälbern und Osterlämmern deine für Amstetten und Auschwitz gleiche Abkürzung ‚A.' rechtfertigen willst, suchst du, dich abzulenken, nach dem Namen des Kindes, das einmal in einem Aufsatz geschrieben hat, das Schwein würde mit einem Büschel duftenden Heus aus dem Stall gelockt.

in der Küche erfährst du während des ungeduldig-geduldigen Muhens eines Kalbes, während es durchs Fenster schon nach Schweinemist stinkt, daß an dem Schlachttag der Kälber gottseidank viele Bauern kommen, die kräftigsten, um sie aufzuziehen, auszusuchen, bzw. was Selektion ist, und erinnerst dich plötzlich der Schafe, die – chronische Hufentzündung – im Karst auf den Knien geweidet haben (so könntest du mit einem Ausblick auf Ostern schließen und noch anfügen, daß am Abend das in Windeln gewickelte Kirchenkrippenkind, das von Windeln umschnürte Volkskunstjesukind zuhause weder ein Rollschinken ist noch einen weißen Fleck auf der Stirn hat)

du könntest natürlich auch über die Skrupel während der Gewöhnung an die Nachbarschaft Tod und den Alltag Tötung schreiben oder über die Methoden, den Tod unter deinem Fenster zu leugnen, vielleicht auch eine Kindergeschichte, in welcher die Kinder, wenn die Schweine schon nicht den Schlächter schlachten und an seinem Tisch sich gut schmecken lassen dürften, wenigstens ein Kalb loskaufen oder befreien würden.

aber vor allem interessiert dich an dem Geschehen im Hof die Verwirrung, mit der du die nächste Ladung vor dem Schlachtraum warten siehst, während die vorher angekommenen Schweine gereinigt, ausgenommen und mit den Hinterfüßen an Haken befestigt an dem zwischen zwei Rollen laufenden Drahtseil den dem Schlachtraum nächsten Raum verlassen und meist zu sechst, nur wenige Schritte von den hinter den Latten der Abteile grunzenden und einander stoßenden und vereinzelt auch frei umherlaufenden entfernt, vor dem sie erwartenden Lieferwagen aneinanderstoßend halten, und diese Verwirrung kommt vielleicht daher, daß dir nicht nur ein Nordseefisch in einer Wiener Auslage bis heute ein befremdliches Traumbild geblieben ist, in welches das Meer sofort zurückkehren wird, sondern daß dir auch die Äpfel auf dem Baum noch immer etwas anderes sind als die in der Wiese und die genauso etwas anderes als die Äpfel in den Körben (als würde jeder Apfel durch den Ort, an dem er sich befindet, immer von neuem definiert, als glaubtest du nicht, daß das allen Äpfeln Gemeinsame so stark ist, daß ein in eine Vase gelegter Apfel nicht doch eine Blume würde), und so hast du dich auch vor den schmutzig-drängenden und den weiß-schwebenden Schweinen gefragt, ob deine Beunruhigung vor den Apfelbäumen im Herbst (da dir die Äpfel an den Zweigen jedes Jahr dieselben sind und daher die in der Wiese nicht ihnen gleiche) ein Identitätsproblem umschreibt (sodaß du auch vor dem Nebeneinander zweierlei Erscheinungsformen Schwein, welches nun eigentlich ein Schwein sei, dich entscheiden zu müssen glaubst) oder ob du, da du als Kind Aufsätze wie ‚Ein Sessel erzählt' nie geschrieben und daher, nie zu den Wurzeln zurückgekehrt, die historische Betrachtungsweise nicht erlernt hast, einen Apfel in einem Korb nicht als Apfel begreifst.

die noch lebendigen und die schon ausgenommenen Schweine: vielleicht sind dir nur, weil dir durch die geschlossene Tür das Zwischenglied Tötung und der Schritt Reinigung/Entdärmung als Realität verborgen bleibt, die an den Hinterbeinen ohne Borsten und mit klaffendem Bauch baumelnden Schweine von den lebenden so weit entfernt wie von den lebenden das Schnitzel (vielleicht müßtest du, wenn dein Problem das des Vertrauens in das nicht anhand jeder Phase des Beispieles Apfel oder Schwein überprüfte Wissen ist, wenigstens vor *einem* Apfelbaum warten, bis ein Apfel in die Wiese fällt, aber du könntest ja doch nie ein Schwein aufziehen, schlachten und zu einem Schnitzel machen): es ist, als verschwände eine Eisenbahn in einem Tunell, dieses als an einem Kran schwebendes Autowrack zu verlassen.

dann sind dir die Schweine, auch wenn die Burschen die Tonnen mit den Därmen durch den Hof schleppen und du Blut und Kot vom Pflaster gespritzt werden siehst, eine Zeitlang *das* Schwein, nämlich die als zweierlei Vorstellungen schon vorhandene, aber begrifflich noch nicht bewältigte Sache Schwein – die immer wieder neu Ankommenden sind und bleiben die am frühen Morgen als erste Angekommenen (selbst die Kennzeichnung eines Schweines würde nichts daran ändern) und auch die Hängenden mit den immer gleich bebenden Beinen wackelnden Ohren und dunkelrot-zitternd klaffenden Bauchschnitten kommen immer wieder als dieselben anderen durch die Tür, als hättest du eine Landschaft vor dir, in der Frühling und Herbst unabhängig voneinander bestehen, zwei Zustandsbilder vom Schwein, die sich Schwein zu werden nicht entschließen können.

dann sind dir die einen die Gläubigen, die sich vor der Kirche sammeln, während die anderen als Besucher der eben zu Ende gegangenen Messe die Kirche geläutert verlassen, oder richtiger, da das ‚wie-wenn' des Vergleichs nicht ganz zu überspringen ist, diese und jene nur Statisten, die zweierlei Meßbesucher darzustellen haben und sich daher hinter den praktikablen Bühnentüren heimlich umkleiden, ehe sie wieder vor dem Kircheneingang bzw. im Kirchenausgang erscheinen.

dann wird immer dieselbe Gruppe (als ob sich

in dir das unwiderrufliche Nacheinander in ein niemals endgültiges Nebeneinander verschoben und ein Zeitlupeneffekt sich eingestellt hätte) immer noch und immer wieder hineingetrieben und, indem sie schon aufbereitet in kleinen Rucken den Raum verläßt, eigentlich auch noch immer erst auf die Tötung vorbereitet, sodaß diese, da sie dem Einzug vorausgeht, sowohl schon stattgefunden hat als auch nie stattfinden wird (als ob sich in dir die Beobachtungen, wenn sie endlich in ein Nacheinander finden, falsch reihen oder sogar rückspulen würden), und außerdem beobachtest du all das so, als ob du, wie etwas, das tot ist, sich von sich als Lebendigem unterscheidet, eben erst erfahren hättest und trotzdem sogleich als eine Phantasie entlarven würdest.

einmal, als keine Wartenden da sind, verlassen die anderen als Schifahrer an einem Schlepplift nach dem ersten Ruck, wenn das Seil endlich gespannt ist, die Talstation,

und dann plötzlich sind dir die Neuangekommenen, ohne, da eine halbe Stunde vergangen ist, in ein déjà-vu zurückzugleiten, ausländische Touristen, die, durcheinanderschwatzend und einander drängend, vor dem alten Stadtturm oder Rathaus zur vollen Stunde das Glockenspiel erwarten – Schlag drei beginnt es hinter der Glaswand zu rucken, eine Gruppe Bauern wird in kleinen Stößen vorübermarschiert, dann nahen zwei Ritter in weißen langen Mänteln, auf der Brust ein rotes Kreuz, ein Herold, der etwas den Kopf dreht, schwebt vorüber, dann der König und die Königin, gefolgt von sechs Prinzessinnen, jede einen weißen

Umhang über dem roten Kleid, schon hüpfen der dicke und der dünne Hofnarr, die nicht nur mit den Ohren, sondern auch mit dem Bauch wackeln können, in einem Respektabstand hinter den Nonnen mit den Flügelhauben her, dann rucken zwei verhüllte Richter des heimlichen Gerichts vorbei, in ihrer Mitte den gevierteilten Verbrecher, der seine Sünden nickend und zappelnd bejaht, dann zwei vor Alter und Würde zitternde Bischöfe, deren einer sich an die Brust schlägt, deren anderer die Menge segnet, und nach dem Teufel mit böse bebenden Hörnern erscheint der schneeweiße Tod, einen Blutstropfen auf den Zähnen, und kaum ist der Tod verschwunden, kommt das Spielwerk so zum Stehen, daß hinter der Glaswand der Schatten der Bauern auf den nächsten Stundenschlag und das nächste Orgelquietschen wartet.

Hluboka

noch auf der Fahrt nach Hluboka, von welchem ich nach den vielen schwierigen Namen nur die Erläuterung durch eine Kellnerin („leider, wir auch komplett, aber in . . .(?), übernächste Ortschaft, nur zwanzig Kilometer") behalten hatte, stellt die Übermüdung zwischen dem auf der von den Autoscheinwerfern angestrahlten Bildtafel über einer Welle in einem wellenförmigen Sprung verharrenden Riesenfisch und dem Ortsnamen ‚Hluboka' auf der Ortstafel etwa hundert Meter später eine erste und eigentlich auch die letzte Beziehung, nämlich die von Bild und Wort, weniger wie in einem Bildwörterbuch als wie in einem Kinderlexikon, her:

denn kaum, daß das Wort ‚Hluboka' aus der Nacht tritt, glaubst du wieder wie zum allerersten Mal zu begreifen, daß das Buchstabenbild die Übertragung des Zeichenbildes in die gesprochene Sprache bedeutet, und wie du jenes, auf der ersten Silbe betont, seufzend in sein Lautbild verwandelt hast, ist es dir schon zum Namen der verbildlichten Sache ‚Fisch' mit der möglicherweise noch vorzunehmenden Einschränkung auf eine bestimmte Gattung geworden (der Landschaft nach wie wahrscheinlich überall in Südböhmen oder Mähren auf ‚Karpfen', kaum auf ‚Forelle' oder ‚Hecht'), und diese schon verfestigte Einheit, wenn nicht sogar Identität, von ‚Hluboka' und ‚Fisch' wird kurz vor der Ortseinfahrt von einer dritten Tafel, auf der unter ‚Hluboka' (diesmal in Druckschrift) zwischen dem über einem Doppelbett schwebenden Nachthemd und dem wie Klingen gekreuzten Besteck (– hat hier eine weltgeschichtlich bedeutsame Schlacht stattgefunden, ist in der Nähe ein Wallenstein ermordet worden?, blödelt dein am Beispiel ‚Hluboka' geschultes Gähnen –) wieder ein Fisch, nämlich wieder eine stilisierte Zusammenschau aus Forelle und Karpfen, entweder aus dem Wasser oder in den Teller zu schnellen einhält, in dem Maß bestätigt, in welchem sie von deiner Korrektur: ‚Hluboka' hat die Kellnerin gesagt, natürlich, „Hotel in Hluboka!" nicht widerrufen wird.

in der Rezeption des Hotels (vom Parkplatz bis zum Eingang Pappel- und Weidenblätter und ein dem Augeruch verwandter Geruch, nur mehr erdig als süßlich) wird dir der unter einer Bilderwand aus Prospekten und Ansichtskarten von Hluboka aufgestellte und giftgrün angestrahlte Fischbehälter mit Karpfen nach dem Einwand „armselig funktionaler Ersatz für einen Blumentisch!" zur rechten Rubrik eines Vokabelheftes und somit ‚Hluboka', als wären die lebendigen Karpfen (das Netz mit dem Holzstiel liegt gleich daneben) ihr eigenes Zeichen, gegen besseres Wissen das tschechische Wort für ‚Karpfen', und dieses irrtümliche oder scheinbare Zusammentreten zweier nicht zusammengehöriger Zweierleis, sagst du dir, wird schwerer rückgängig zu machen sein als die Vermischung zweier Lösungen oder sogar irreversibel bleiben wie die Mischung verschieden temperierten Wassers, und sei es, weil die Klanggestalt ‚Hluboka‘ für einen Deutschsprachigen mit der Vorstellung ‚grobes Äußeres‘ ‚bemooste Behäbigkeit‘ oder ‚schlammige Trägheit‘ besser als ‚Karpfen‘ korrespondiert.

noch während du, da dir auch die vor dem Karpfenaquarium (mit Steinen und Muscheln ausgelegt und mitten im Speisesaal installiert) und vor den Photographien der Küche und der Tischgedecke an den Wänden getroffene Berichtigung ‚Hlubokas Attraktionen sind seine Fischrestaurants‘ nach einem Blick auf die Essenden konsequenzlos geblieben ist, dich fragst, wieso dich die zwar sowohl lebendig als auch tot gegenüber den Gästen (großteils ihren Konsumenten) in der Überzahl befindlichen Karpfen in deinem Mißverständnis bestärken, wieso du aber das auf der Speisekarte (vom Aufdruck abgesehen) fehlende ‚Hluboka‘ (mit Salat) nicht als Widerlegung deiner Übersetzung gelten läßt, hast du auch schon das aus dem Lautsprecher tönende Forellenquintett und den präpariert unter dem Plafond schwebenden Hecht (den du ja doch nicht zum Triumphkreuz der Karpfen über den abgeschafften Tod erklären kannst) belustigt als stilistischen Schnitzer der Hotelleitung abgetan –

so wird dir, als du etwas später vor dem Aquarell oberhalb deines Bettes (Häuser, wohl Fischerhütten, an einem Wasser) und vor den illustrierten Prospekten auf deinem Nachttisch (Fischteiche, Berufsfischer mit Netzen, Touristen mit Angeln, Karpfen wie Herbstlaub auf dem Boden der abgelassenen Teiche oder in den Händen der Arbeiterinnen in weißen Arbeitsmänteln) in Anlehnung an die Wortbildung des österreichischen ‚Schwanenstadt‘ ‚Karpfenstadt‘ probierst, zuallererst Schwanenstadt eine Stadt, in welcher der Stadtturm die Glockenstuben alle Dachböden von Schwänen bewohnt sind, in welcher (was sich, entsprechend transponiert, in Hluboka wie eine Vision bestätigen wird) jeder Bürger einen Schwan, ihm auf der Schulter sitzend oder mit einem Blutstropfen im Schnabel ihm an der Seite hinunterhängend, durch die Straßen trägt, wenigstens einen Schwanenflügel oder allerwenigstens eine Schwanenfeder,

und dann erst Hluboka eine Ortschaft, die ihr Dasein vor allem oder ausschließlich, selbst wenn sich das im Schloßwappen nicht spiegeln sollte, dem Reichtum an Karpfen verdankt:

sicherlich nicht zuletzt deshalb, weil du noch vor dem Schlafengehen deinen Verdruß über das Wasser, das trüb ins Waschbecken fließt und so deine Aufmerksamkeit auf die algigen Flecke und auch den moosigen Rand um den Notausfluß lenkt, über das angeblich wegen Rohrbruchs unbenutzbare Bad, obwohl du im Vorraum deutlich die Bewegung des Wassers in der Wanne gehört hast, über das im zweiten Stockwerk versperrte WC, das schal schmeckende Wasser und den Augeruch auch in deinem Zimmer in die scherzhafte Bemerkung, alle Häuser seien wohl durch ein Rohrnetz mit dem Teich verbunden, damit die Leute die Karpfen gelegentlich beherbergen könnten, abgebogen hast (woran du dich einen Tag später vor einem Waschküchenfenster und einem Garagentor erinnern wirst) am Morgen jedenfalls schon vom Hotelzimmer aus, was immer der Name bedeuten möge, ‚Hluboka' ein ‚Haus an einem seegroßen Fischteich' oder ‚teichgroßen Karpfensee', während des Frühstückens (‚Hotel Hluboka' natürlich nicht nur der Hinterseite des auf vielen Tischen neben dem Kaffeegeschirr aufgestellten Fischservices eingebrannt, sondern auch, merkwürdigerweise oder selbstverständlich von einem Fisch umrahmt, den Kaffeelöffeln eingraviert) ‚Hluboka' vor allem ein ‚Haus mit Karpfenspezialitäten', in welchem die zu den Karpfen Gepilgerten ausnahmsweise nächtigen dürfen,

während eines Rundganges durch den Ort am frühen Vormittag und eines Spazierganges in die nähere Umgebung ‚Hluboka' – siehe ‚Bethlehem' – die nach dem Volksnahrungsmittel benannte Siedlung, wobei die ursprüngliche Bedeutung ‚Fisch' zu ‚tägliches Brot' oder ‚Nahrung' erweitert oder überhöht worden sein könnte (die realistische Deutung, es sei Spätherbst bzw. Erntezeit, daher seien Fische auf wenige Tage wie in allen Ortschaften ähnlicher Lage bevorzugtes Nahrungsmittel, besonders billig der Ausschuß, außerdem stünden – Revolutionsjubiläum – zwei Feiertage mit angemessenem Festtagsessen vor der Tür, gegenstandslos, da du Hluboka zu keiner anderen Jahreszeit gesehen hast):

denn schon der erste Einheimische, der dir begegnet, trägt, als ob er dir als Dolmetsch dienen oder dir recht geben wollte, ein Einkaufsnetz, in dem einige Karpfen um ihren Platz mit Äpfeln kämpfen, eine Frau legt im Vorraum der Kirche etwas in blutiges Zeitungspapier Gewickeltes ab, ein junger Mann trägt einige ‚Hlubokas' wie Skalps an seinem Gurt, Hlubokas ragen aus alten Aktentaschen, aus Strohkörben, der Kapuze eines Gummimantels, eine alte Frau hält die zitternde Schürze zusammen, selbst ein Hund apportiert einen in ein Tuch gewickelten Hluboka; Männer und Frauen betreten – was haben die alle mit den Gefäßen vor?, hast du dich vorher im Schloßpark und auf der Landstraße gefragt – mit Kübeln Gießkannen Lavoirs oder einem Schaff, meist schon (wohl um das Feiertagsessen frisch zu halten, ohne daß, wie vielleicht im Frigidaire, vom Geschmack etwas verlorengeht) mit trübem Wasser gefüllt, Bäckerei Molkerei Fleischhauerei, wie ja auch ein Schulkind eine hellblaue Milchkanne, aus der zwei Schwanzflossen ragen, aus dem Gemüsegeschäft schleppt, denn fast alle Geschäfte in Hluboka sind, wie du bald feststellst, unter anderem auch Hlubokageschäfte (in der Trafik zwar kein Behälter, dafür zwei in einem Zubehörgeschäft), wie auch die Leiterwagen Beiwagenmaschinen Scheibtruhen Fahrräder und auch Personenkraftwagen (Gummidecke im Heckfenster oder auf den Hintersitzen) Hlubokavehikel Hlubokatransporter sind, nicht nur die Lastwagen oder die Anhänger von Traktoren.

alle Straßen und Gassen, die du betrittst, führen zu den Teichen (zumindest gibt es deren vier, wahrscheinlich sogar sechs), selbst der Kiesweg auf den Schloßberg führt zu dem höchstgelegenen Fischteich ganz Böhmens, wie du bald erfährst, und falls diese Teiche, was schlimmstenfalls eine

Hauswand lang dauert, nicht zum Ortsbild gehören oder dir, da sich der Himmel in ihnen spiegelt und die Schwäne und Möwen in der Sonne leuchten, zu Badeseen oder auf größere Entfernung zu Mohnfeldern werden, stellen die Karpfenmänner und Karpfenfrauen, unterstützt von den Spuren eingetrockneten oder frischen Blutes auf den Straßen Trottoirs in Hausfluren und an ihren Kleidern, das Kompositum ‚Karpfenteich' wieder her, sodaß die Bedeutung ‚Karpfenort', der Kompromiß zwischen den Möglichkeiten ‚Siedlung der Karpfen' und ‚Siedlung reich an Karpfen', nun als ‚Siedlung an (zwischen) den Karpfen', die pars-pro-toto-Variante der Lokalbestimmung ‚an (zwischen) den Teichen', eine neue Nuance erfährt,

schon sind dir die Karpfenleute – je nach dem Grad der Beziehung zu den Hlubokas – Karpfenbürger verschiedener Art: manche von denen, die weder als Karpfenprofis (Teichaufseher Hlubokabetreuer Hlubokaverarbeiter Hlubokatransporteure Hlubokaverkäufer etcetera) noch als Saisonkarpfner oder Karpfenamateure (Akkordarbeiter während bzw. nach der Hlubokaernte; Besitzer eines Schrebergartenteiches) Fischgeld verdienen, profitieren als indirekte Karpfenbürger entweder vom Karpfeneinkommen der anderen oder sind wenigstens mit einem direkten Karpfenbürger verwandt, andere wieder erweisen sich als vollwertige, fast schon ideelle Hlubokaner, indem sie als Seiler Glasermeister Faßbinder etcetera in ihrer Arbeit oder in ihren Produkten vor allem den höheren Karpfenzweck bejahen, als Schloßgärtner oder Förster die Bäume in bezug auf den voraussichtlichen Ertrag an Eicheln und Kastanien ab dem Frühling besorgt oder zuversichtlich betrachten, welche Früchte die angehenden Hlubokaner im Herbst an schulfreien Tagen statt für das Rotwild für die Hlubokas sammeln und zerkleinern (oder ist es möglich, daß man fast dreißig Jahre nach dem Krieg in Hluboka noch Eicheltee trinkt?), indem sie, wenn sie als Hausfrauen wie in anderen Orten ‚Saubüttel' ‚Sautrank' oder ‚Saufutter' sagen, ‚Hlubokanahrung' meinen, während wieder andere sich dadurch als platonische Karpfner qualifizieren dürften, daß sie dank dem tagtäglichen Anblick der Hlubokas im Brunnen auf dem Hauptplatz und in den provisorischen Faßteichen, unter den Dachröhren aufgestellt, den Weihwasserbrunnen als potentiellen Karpfenteich und den Glassarg des einbalsamierten Heiligen als eine Zweckentfremdung verstehen oder vor dem christlichen Fischsymbol (der Brotsubstanz der Hostie) zu stolzen (gekränkten) Lokalpatrioten werden.

aber auch du selbst wirst, ob du das willst oder nicht, spätestens während der Führung durch das Schloß mit Vorbehalt in die Hlubokagemeinschaft aufgenommen, nämlich als Karpfentourist, da dir der Führer, statt die Gemäldegalerie aufzusperren, die Wichtigkeit des Schloßteichs und die Aussicht auf die anderen Teiche von den Fenstern der Bibliothek und vom Turm aus erklärt –

bald nach deiner Rückkehr in die Ortschaft sind dir, sobald du vor einem Hluboka, der in einer Wäscherei dem Netz unerwartet wendig ausweicht und, schließlich doch gefangen, in raschen Sprüngen übers Hackbrett schnellt, den Inhalt des dreisilbig nun noch mehr überzeugenden Namens in der Richtung ‚stämmig, aber beweglich' ‚schwer und kräftig' berichtigt hast, die roten Transparente und Fahnen blutige oder noch zuckende Schnitzel, ohne daß du zwischen ‚Revolutionstag' und ‚Schlachttag', ‚Jahres'- oder ‚Gedenktag' und ‚Erntetag' Entsprechungen gesucht hast.

aber wenn du dann, begeistert von deinem System, immer von neuem Hluboka als Karpfeneintracht erleben willst – alles als Karpfeneinheit des Ortes der Zeit und der Handlung, von den Blutspuren auf Straßen Holzböden und an Kleidern, den dumpfen Schlägen in den Geschäften und den Wasserleitungsgeräuschen hinter den Fenstern in Szenen unterteilt –, stört deinen perfektionistischen Anspruch auf Karpfentotalität der eine Bursche, der auf dem Fahrrad trainiert oder, seiner Schwere nach zu schließen, sein Übergewicht herunterstrampeln will, denn wo immer du eine neue Karpfentätigkeit sich ereignen sehen willst, radelt er, nicht einen einzigen Karpfen in den Gepäckträger geklemmt, ja ohne ein Hlubokagefäß Gummistiefel oder wenigstens die Andeutung von einer Angel bei sich zu haben, an dir vorbei, unbekümmert von dem, was an Festvorbereitungen um ihn vorgeht, taucht er in seinem hellroten Leiberl und seinen dunkelroten Trainingshosen an dem einen wie an den anderen Teichen auf, belehrt dich, indem er über den mit Laub bedeckten Rasen des Schloßparks fährt oder seine Schwünge um die im abgelassenen Teichabschnitt wie Herbstlaub bewegten Hlubokas legt, indem er über den Steg flitzt, der zwei Teiche verbindet, und seine Runden um den Schloßteich zieht, daß nicht überall, wo nicht Weg ist, Teich ist, ja scheint dir, indem er mit dem Rad, dessen Gepäcksträger noch immer leer ist, einen Hügel in Fahrradsprüngen hinaufschnellt, beweisen zu wollen, daß durch ihn trotz deiner Deutung, er trainiere für eine Rekordleistung am Netz (er habe schon sein Tagesplansoll an Hlubokas dank seiner besonderen Kraft und Geschicklichkeit in der Konservenfabrik aufbereitet), die Konstruktion der reinen Karpfenstadt in sich zusammenfällt, selbst wenn du ihn als Ausnahme von der Regel (als Karpfenasozialen, als Widerstandskämpfer gegen die allmächtige Karpfendiktatur bzw. als dank den politischen Farben seiner Kleidung geschickt getarntes Eigenleben, als das er sich vor allem, was mit Karpfen zu tun hat, ängstlich hütet, da er weiß, daß mit dem ersten unerzwungenen Fischgeruch an den Händen die Karpfenfreiheit in HlubokaKollektivität zu münden beginnt) dem Ganzen einzugliedern suchst –

aber wie du, als er in einer engen Gasse an einer Frau so knapp vorbeischießt, daß ihr die Kanne entfällt, und auf einem schaukelnden Steg eines der Teiche sich so kraftvoll vorwärtskämpft, daß das daran befestigte Fischnetz sich löst, überlegst, ob er durch seine negativen Antworten auf die Karpfensolidarität nicht erst recht, ohne daß die Dialektik herhalten muß, eine Karpfenaktivität verkörpert, ist er dir ganz plötzlich über das Bild vom Hecht im Hlubokateich zum Wahrzeichen von Hluboka geworden:

indem der Bursche keuchend und weiße Wolken ausatmend in die Pedale tritt, sorgt der Kreislauf dank der großen Übersetzung, den vollgepumpten Pneus und der kräftigen Lichtmaschine für den Austausch zwischen leiberlarteriellem und hosenvenösem Blut des einen Karpfens, der aufgrund seiner Erfahrung, was bei sinkendem Wasser, der Nähe von Netzen und Treibern zu tun sei, trotz seinem Kapitalgewicht und seiner von keinem anderen der Sorte je erreichten Größe auch dieses Jahr seinem Schicksal, als Kapitalhluboka fürs Heimatmuseum in Budweis präpariert oder als Rekordhluboka in einer eisgekühlten Skodalimousine einem Herrn des Politbüros von den Stadtvätern Hlubokas übermittelt zu werden, mit etwas Glück entkommen wird, und du schlägst dich, wenn du schon keinem Menschen über die Grenze verhelfen kannst, sofort auf seine Seite –

wie könnten wir das Wasser noch mehr trüben, daß sie ihn nicht entdecken (wann fällt an sonnigen Herbsttagen Nebel ein?), wie dieses klären, daß er sie sieht, sollten sie ihn im trüben Wasser an seiner Bewegung erkannt haben (wie lange dauert es, bis der ganze Ort mit Feiertagsvorräten versorgt ist?), wie ihn warnen, wo wir doch seine Sprache nicht sprechen, ja nicht einmal wissen, ob er zu einer anderen Verständigung als der über Nahrungsfährten Gefahrschwingungen und ideale Strömungen mit seinesgleichen ausgerüstet ist, wie – wenn das mit Zeichen möglich wäre – das tun, ohne ihn zu beunruhigen und dadurch erst recht den Fischern oder Kautern zuzutreiben, und wie ihm mitteilen, daß wir ihm im Kofferraum, in nasse Tücher gewickelt, zur Flucht außer Landes verhelfen wollen, ohne als ausländische und besonders beutegierige Sonntagsfischer mißverstanden zu werden?

sooft er uns entgegenkommt oder uns zu überholen ansetzt, um ihn nicht länger in einem an ein Zurückzucken erinnernden Bogen, wobei das Chromgestell trotz der Rostflecken silbern aufblitzt, uns auszuweichen zu veranlassen, frühzeitig, so lautlos er sich auch die Schloßstraße heruntertreiben läßt, so ruhig er auch aus der Bodenwelle hinter der Kirche auftaucht, zurückgetreten und uns mit demonstrativer Bewunderung – warum soll ein Pfau intelligenter und eitler sein! – seiner schlängelnden Fortbewegung hingegeben: wie sollte er da noch befürchten müssen, wir wollten ihn herunterfangen! dann mittels Bravorufen ihm freundliche Schallwellen entgegengeschickt, um nicht nur von seinen Nervenbahnen an der Seitenlinie, weiß gesteppt, als Hindernis wie bemooster Felsblock oder angefaulter Holzpfahl registriert zu werden, und bei der nächsten Begegnung konspirativ-warnend in die Richtung gewiesen, wo jemand mit einem leeren Kübel oder in noch sauberen Gummistiefeln unterwegs ist, und, als er hinterm Schloß knapp vor uns auf die Bremse steigt, obwohl wenige Meter weiter der Schloßgärtner mit dem Netz hantiert, ihm mit den Worten: ‚Hluboka, attenzione, morte, danger, periculum, pozor, milizia, hopp-auf!' weiterzufahren bedeutet, schon ist er, nur ein paar Blätter zittern noch, im Grün verschwunden; das nächste Mal, als er anhält, die Beine baumeln läßt und seine Augen mit einem kurzsichtigen Blick langsam auf uns richtet, wobei eine kleine Veränderung in seinem Gesicht verrät, daß er uns wiedererkannt hat, ihm zugewinkt, was ihn nicht erschreckt, aber sofort, ihn aus seiner Trägheit aufzustören, auf die roten Fahnen gewiesen und die Bewegung des Zupackens und Zuschlagens warnend simuliert.

als die Schweißflecken auf seinem Trikot schon bedenklich angetrocknet, aber noch immer Karpfner mit Waffen und Käfigen unterwegs sind, ihm, da die Saugflasche, ganz eingedrückt, offensichtlich leer ist, ein paar saftige Äpfel zugeworfen (kommt unsere Sympathie davon, daß Menschen und Karpfen Allesfresser sind?, dabei gedacht) und, als er sich nach einem in den sandigen Boden gesprungenen Apfel bückt und dabei den Sand aufwühlt, sofort weitergegangen, damit er das Geschenk nicht für einen Köder hält.

als wir uns an der Kreuzung, von der eine Straße zum kleinsten der Teiche, eine andere zur Grenze führt, vor dem Auto endgültig trennen, ihm als Wegzehrung, da das Wasser erst jetzt durch den Zulauf in den abgeernteten Teich zu strömen beginnt, eine Flasche Wachauer Wein als Gruß von den Donaukarpfen mitgegeben – erst als er lachend und winkend eine Schlingpflanze von seinem Oberschenkel entfernt, mit Genugtuung festgestellt, daß vom Rahmen des Hinterrades ein zerfetztes Netz hinunterhängt.

Burgmuseum

A Einleitungen

1) vor dem Eingang große Betriebsamkeit
Sie sind Ausländer? Deutscher? da brauchen Sie sich nicht anzustellen, Ausländer (Deutsche) bei uns nie gewartet: Sie gehen durch Hof I, Hof II und dann durch den Gang A hinter der Tür neben Tor D, treten dann in den Hof hinaus, dort erwartet Sie mein Kollege (und der Fremde wundert sich [noch] oder wundert sich nicht [mehr], daß der Verputz der Mauer im letzten Hof – als er sich ja oder nein nach dem Führer umdreht – durchlöchert ist)

2) Sperrstunde – a) eine größere Gruppe und auch der Fremde abgewiesen.
b) der Fremde wartet, bis sich die Gruppe entfernt hat, und zückt einen Geldschein. b_1 der Wächter zeigt Verständnis, daß ein alleinreisender Fremder, der noch dazu einem plötzlichen Einfall zufolge die Bahnfahrt unterbrochen hat, nicht abgewiesen werden kann.
b_2 der Wächter überreicht dem Fremden, da er der Vorschrift zufolge das Hauptportal nicht verlassen darf, einen Orientierungsplan, trägt flüchtig die Route durch Vor- Haupt- und Nebenhöfe ein und kreuzt die Tür an, an welcher dieser läuten solle, und fügt (fügt nicht) auf der Hinterseite für den Kollegen ein paar Worte hinzu.

b_3 der Fremde dankt im Weggehen für die ihm gewährte Ausnahme.

b_4 der Fremde wundert sich (wundert sich nicht), daß der Portier und der Führer offensichtlich (Zwillings)Brüder sind

B Führungen (allgemein)

1) der Führer verknüpft Text und Objekte durch Gesten, Attribute (der Jünger „in Blau") und Lokalbestimmungen (die Jungfrau „in der Nische links oben"); liest den Text den Objekten ab oder seinen Eindrücken von den Objekten oder den vermutlichen Eindrücken der Besucher vor den Objekten; liest den Text direkt aus einem Buch vor, aus dem Gedächtnis ab (schaut eventuell dabei aus dem Fenster) oder nimmt an den vorgeschriebenen Sätzen Erweiterungen oder Kürzungen vor, sodaß der Stil des Verfassers mehr oder weniger deutlich hervortritt

2) der Führer – abhängig von Stimmungen Wetter etcetera – führt mehr oder weniger durch sich: manche Anekdote über Märtyrerinnen und Fürstenbetten eine Privatphantasie, Nachempfindung oder nur Pedanterie, die Rüstungen und Schwerter ein Lied auf sich selbst und somit (oder) eine Möglichkeit, sich den Damen zu nähern; die Objekte (weniger Waffen als mittelalterliche Gebrauchsgegenstände), sofern eine Milieuschädigung vorliegt, ihm lauter Anregungen und somit potentielles Schicksal des Besuchers. und bei Regen manchmal nur die Tapisserien über die Geschichte des Noah.

3) die Führung als eine Serie von Vertrauensproben

a) ob der Besucher, ohne daß ihm Zweifel kommen, von sich aus anzunehmen (zu glauben) bereit ist, der übergangene Saal sei nicht eingerichtet (werde restauriert), die hervorgehobenen Objekte seien wirklich erwähnenswerter als die anderen (und nicht bloß dem Führer vertrauter), die Kletterei über das Baugerüst gehöre zur Führung (und nicht schon argwöhnt, das Treppauftreppab sei nur ein privates Konditionstraining des Führers); b) ob der Besucher den einer heiligen Jungfrau zugewiesenen Text widerspruchslos annimmt oder probeweise (mißtrauisch) auf die danebenstehende (im nächsten Saal befindliche) Hl. Margarete überträgt bzw. den Bericht des Führers umspult, da die Führung ausnahmsweise im Saal XXX begonnen hat; c) ob der Besucher, sagt der Führer etwa: „am 21. März 1537“, dies als Mitteilung mit Anspruch auf Wahrheit gelten läßt, schlimmstenfalls als überflüssiges Detail abstreift, oder, ohne daß er dies zu vermuten einen Grund hätte, dem Führer einen Irrtum (Geburtsdatum der Braut, ermüdete Vertauschung der Hunderter- und Zehnerstelle) oder eine bewußte Irreführung (langweilig, immer dasselbe zu sagen; bei der Entlohnung noch genau sein!) unterstellt; d) ob der Besucher, führt der Führer in der Landessprache eine ihm offensichtlich vertraute Gruppe von Einheimischen, umso öfter er einen internationalen Terminus oder historischen Eigennamen versteht, desto sicherer annimmt, er habe mit dem Einschiebe- oder Vernebelungstrick zu tun, da in Wahrheit vermutlich von der Taktik des letzten Fußballmatches die Rede ist; e) ob der Besucher, erkennt er in einem Portrait, das als das Ludwig Johanns XIII vorgestellt wird, mit Sicherheit Anna Christina IV, vermutet, der Führer habe die Umgruppierung der Gemälde nicht bemerkt, und daher nachfragt, oder ob er nur hofft, daß der Ausgang ohne Zwischenfälle erreicht wird (oder nur deshalb nichts befürchtet, weil sich eine andere Gruppe in Rufweite aufhält)

C Führungen (im besonderen)

die Führung als Entwicklungsroman und Versuchung des Führers:

in der Halle unter dem Stiegenaufgang zwei Holzkisten, aus denen, ohne daß ein Hinweis erfolgt, mit Rücksicht auf die einzigartigen Marmorböden (wie der Besucher etwa zu denken hat) Überschuhe zu entnehmen sind.

a) die Gruppe ist nicht bereit, für Eintrittsgeld Reinigungsfrauen abzugeben und kehrt um; b) die Gruppe besteht die Prüfung, denn jeder wählt von den speckigen Flecken nicht einmal die am wenigsten zerrissenen aus, faßt ohne zu zögern nach den schmuddeligen Bändern, nimmt, da er immer wieder aus den Überschuhen rutscht, entschlossen eine Selbstfesselung vor und schleppt sich, immer wieder über eines der unberücksichtigten Bänder stolpernd, in schleifenden Schrittchen, Teil einer selbstverstümmelten Prozession, die Stiegen hinauf und tastet nach dem Geländer.

die Gruppe in schleifenden Schrittchen die Stiegen hinauf, wird sich, wenn es sein muß, Wendeltreppen aufwärts- und abwärtsjagen lassen, im Keller in bodenlange Überwürfe schlüpfen, die Hände (bereit, die Schlechtigkeit der Welt im demütig akzeptierten Mißtrauen auf sich zu nehmen) vor der Tür zum Kronschatz auf dem Rücken kreuzen, in die zu diesem Zweck am Umhang angebrachten tiefen Taschen zwängen und die Arme einschlafen lassen, wird vor den vergoldeten vier Jahrhunderte alten Rosen der Hl. Elisabeth – welche Rosen (was niemand erläutert), will das eingravierte Ave Maria gelesen sein, ganz aus der Nähe betrachtet werden müssen, aber, sollten sie von dem Atem des Entzückens oder der Anstrengung des Lesens (was niemand erläutert) angehaucht sein, in Staub und Asche zerfallen würden – sich schmutzige Binden (ein indirekter Reliquienkuß) um den Mund legen lassen, den Brechreiz tapfer niederkämpfen und die Klaustrophobie in den stickigen und beengenden Gewölben dankbar als memento mori zu ertragen üben, mit bescheidenem Stolz aus dem Mund des seltsamen Führers vernehmen, daß ihre Zahl längst auf drei zusammengeschmolzen ist, und arglos lächeln, wenn dieser die Wahl zwischen Tontöpfen mit Mumien oder außen und innen wunderbar ziselierten Renaissancekaminen anbietet, aber schokkiert innehalten, wenn sie, sofern sie den Ausgang erreicht (= sofern der Führer die Prüfung besteht), Männer in einheitlicher Arbeitskleidung unter der Anweisung einer Archäologin in weißem Arbeitsmantel draußen einen schmalen Graben graben sieht.

als ob es zu einer Burg, nur weil sie an einem regnerischen Feiertag jedem Ansturm gewachsen ist, (nach Auschwitz) kein Vertrauen mehr geben könnte!

zu ihren Füßen der Autobusbahnhof – die städtischen Autobusse, große Nummern auf der Stirn, aber ohne Streckenangabe, bis zur Befürchtung: „aus dem regulären Betrieb genommen" überaltert, die Busse der Reisebüros, sieht man zwischendurch auf die Menge, die anstandslos zur Burg hinaufzieht (so gern man dafür: Wallfahrt Prozession oder Massenkundgebung einsetzen wollte), eine ungeheuerliche Fiktion: die frischlackierten und neuen Wagen durch die Übergenauigkeit der Beschriftung (auf den Schildern der volle Name des Inhabers, Privat- und Firmenadresse, auf einer Tafel hinter der Windschutzscheibe die einzelnen Stationen, vor allem ein anders als „Burg W." lautendes Ziel) überführt, die Abnützungen in einigen anderen die um größtmöglichen Realismus bemühte Planung; die Suche nach makabren Scherzen wic „Aktion Kinderland" „Fahrt ins Blaue" zwar umsonst, aber vom Parkplatz – immer die Neuankommenden im Vordergrund – der Blick auf das grelle Grün der Kupferdächer die hohen Kamine und die schon nur mehr burgähnliche Fassade so schockierend, daß nicht einmal (als ob die Erleichterung: „es steigt kein Rauch auf!" durch ein „w i e auf einem Schulausflug" vor der zweiten Gruppe Kinder aufgehoben würde) der Versuch: es sind nur Filmstatisten, die, da Polnisch ihre Muttersprache ist, natürlich polnisch sprechen, das Grauen entwirklicht.

oben von einer naiv bewunderten Zugbrücke das Einströmen in die Höfe diszipliniert, im Wassergraben die Brennesselstauden in unmittelbarer Nähe der Brücke mit Bedachtnahme auf die Neugierde oder ein Mißtrauen erhalten; trotz da und dort mitgeschleppten Taschen, Binkeln und verschnürten Proviantschachteln das andere Bild (des Schlangestehens) vor dem Eintrittskartenschalter verwischt, da die aufsichtshabenden Beamten zwar (altmodische) Schirmkappen, aber keine Uniformen und statt Armbinden nur kleine Abzeichen tragen und überdies weniger einschleusen als behindern.

fast unerträglich, daß alle – dem Stempel auf der Eintrittskarte gehorchend – sich Hof I, II oder III, Tor A bis D, zuweisen lassen (Uhrzeitaufdruck spätester Beginn der Führung), nur ganz selten gegen die Zerreißung einer kleinen Gruppe protestieren (auf die, da von der Ausnahme wenig Gebrauch gemacht wird, noch mögliche Umnumerierung leichtfertig verzichten), einen Treffpunkt für nachher – von den Nachrückenden schon auseinandergetrieben – einander zurufen, einer kleinen Tochter mit schwarzen Zöpfen ein Kopftuch zuwerfen ihr winken und dann geduldig auf den Stufen der Treppen, manchmal späte Bekanntschaften schließend, den Aufruf ihrer Nummern erwarten, noch immer vertieft in ein Eis in den Gratisprospekt oder heitere Gespräche, und genau alle halbe Stunden durch die Tore ziehen, vor denen es, da die Ausgänge auf der Hinterseite sind, nie zu Stauungen kommt. bisweilen von einem Fenster im ersten Stockwerk ein lachendes Herunterwinken, eine Aufmunterung, daß es sich durchzuhalten lohnt – nur ist es immer derselbe, und nur ein Mann mit Abzeichen winkt zurück.

im ersten Vorraum die Garderobe. und dann bewegen sie sich in kleinen Schritten, einer hinterm andern, überraschend energisch von jungen Aufseherinnen in Matrosenkleidern gelenkt, genau im Uhrzeigersinn durch die engen Rüstungskammern dem Ende der Führung entgegen.

Kenotaph

(L. Buñuels Bischöfen in Dankbarkeit)

noch im Eintreten wird das schwarze Viereck, das den Großteil der Kapelle einnimmt, ein mächtiger Quader, schon ist die dreifache Wölbung der Deckfläche zu drei ausgestreckt nebeneinanderliegenden Grabfiguren eines aus einem Block gehauenen Grabmales, dann schon dreier aneinandergeschobener Sarkophage, geworden – unter den etwas aufgerichteten Bischofsmützen wie parallel angeordnete Bergketten die kraftvollen Marmorprofile (überhohe Stirn markante Nase scharfes Kinn), darunter die drei Tafelgebirge in Bischofstracht bis zum Steilabfall der Fußregion, die sich der Vorderwand des Totenschreines verbindet, aber durch das erste Licht der Marmor plötzlich eine Bronze, und auch die Proportionen korrigiert: die in der Dunkelheit übermenschlichen Häupter nun in natürlicher Größe, aus den hageren, eher kleinen Gesichtern ragen Nase und Kinn, denn durch die Schatten unter den Augenbrauenwülsten und Backenknochen die Augen- und Wangenhöhlen vertieft, und da sind die drei unter den übergroßen Mützen (heiliges Amt, sündiger Mensch) ein Bronzeabguß der Totenmasken auf einem allen Bischöfen der Erzabtei gleichen Halbrelief des Körpers, ob nun aus Bronze oder Stein, und wie das rote Morgenlicht geht, bleibt auf den Gesichtern ein stumpfes Gelb: die drei Figuren die Toten selbst, nämlich die schon zu Lebzeiten wundertätigen Erzbischöfe J. und A. und M., wie eben die

Mesnertochter den hautkranken Pilgern erklärt, vielleicht einbalsamiert, vielleicht unangetastet in einem luftdicht verschlossenen Sarg vertrocknet, vielleicht wirklich durch ein Wunder in ihrer Todesstunde, wie das Mädchen stolz hinzufügt, seit 1515 1522 und 1535 unversehrt erhalten, denn sie liegen auf einem mit einem Tuch verkleideten Holztisch in niederen Truhen oder eigentlich flachen Trögen, wie sie die Bauern noch manchmal zur Bereitung des Brotes verwenden, in ihrem Totenbett, und aus der nächsten Nähe die drei Männer (und sei es, daß durch Schrumpfen und Trocknen das, was einmal Fleisch und Haut gewesen ist, sich verzogen, wenn nicht geworfen hat), als wären sie im letzten Augenblick des Lebens konserviert, gerade vor dem Übertreten des Todeskampfes in den Tod: nicht das selige Staunen von Totenmasken, nicht die Lider über dem sich eröffnenden Geheimnis geglättet, sondern einmal zusammengezogene Brauen und zusammengepreßte Lider, einmal ein Krampf um den Mund, die Unterlippe eingezogen oder abgeblättert, einmal der Unterkiefer trotz dem schon geöffneten Mund noch widerstrebend angehoben, und auch ihre Hände eher gichtig als knochig (die Adern auf den Handrücken wohl mit Tinte nachgezogen wie das BläulichRot des einen Mundes): einmal über zwei schweren Ringen geschlossen, einmal mit der Linken der Bischofsstab ans Herz gedrückt und einmal unterm Kinn die zehn Finger in die ihnen gemeinsame Decke gekrallt, die, fleckig wie der Polster unter den etwas verrutschten Mützen, auf einmal ihre Nacktheit bedeckt während der Mesner mit dem Klingelbeutel an die schon zu lange in ihre Bitten vertieften Pilger herantritt und das Mädchen etwas über die vielen Wunder sagt, deren eines ihre Großmutter als junge Mesnersfrau erlebt hat, läuft etwas Licht über die drei Gesichter, zittert auf den Lippen des einen, die Stirnfalte seines Nachbarn vertieft sich, und da hebt der dritte etwas den Kopf, schon blinzelt er über die knarrend auseinandergezogenen Finger hinweg und pfeift mehr als flüstert der zu seiner Linken, während die Pilger niederknien und das übers ganze Gesicht lachende Mädchen auf eine Säule zueilt, etwas wie: hora est, est hora! mater, ubi es?, und währenddessen ist das Mädchen, als ob es das täglich täte, auf eine an die Säule geschobene Kirchenbank gestiegen und nimmt ein Instrument vom Nagel, das, auch wenn seine Saiten fehlen, an die auf Bildern musizierender Engel abgebildete Laute erinnert, wegen des metallischen Klanges, als es gegen die Säule schlägt, aber auch an eine Bratpfanne (und wegen des langen Stieles, als das Mädchen damit ins Licht getreten ist, an einen Brotschuber), und ist, bevor ein anderer Bischof: hora est! mehr verzweifelt als ungeduldig wiederholt und mit leicht angezogenen Knien das Mädchen als Nothelferin heranwinkt und die Besucher den Saal verlassen müssen, noch einige Augenblicke der an einem Stiel befestigte Geldkasten, mit dem der Mesner sonntags bis in die Mitte der Bankreihe dringt.

der Türmer

„Alle Stunden bläst der Türmer gemäß altem Brauch vom Hauptturm der Marienkirche ein Trompetenlied in die vier Himmelsrichtungen, bricht es aber zur Erinnerung an die heroischen Zeiten der Stadt während der Belagerung durch die Tataren bzw. zum Gedenken des Türmers, der am 3. Juli 1241 in der Ausübung seiner Pflicht von einem Tatarenpfeil tödlich getroffen worden ist, jedesmal plötzlich ab“

zwingt also den Toten, viermal stündlich zum Sterben anzusetzen, eine Schießscheibe aus Tönen zu formen, mit keinem Aufseufzen den letzten Notenwert zu verfälschen, konzentriert ahnungslos ans nächste Fenster zu treten etcetera und das dritte Sterben im Hinblick auf die nächste Stunde nicht einmal im vierten zu vollenden,

und das alles möglicherweise nur deshalb, weil die Lokalhistoriker sich nicht einigen konnten, ob der tödliche Pfeil vom Nordtor von der Südmauer vom Lager im Osten oder vom Spähtrupp im Westen gekommen ist, da es dem zeitgenössischen Chronisten vielleicht gelungen war, einen Verrat eine Schlamperei durch vages Latein zu vertuschen; weil eine Gemeinderatssitzung einstimmig beschlossen hat, es müsse in Rücksicht auf das Prinzip besoldungsgerechter Leistung weiterhin vier Mal geblasen werden, auch wenn die erste Himmelsrichtung die tödliche gewesen war, und eine Umgruppierung der Himmelsrichtungen (wenn das zweite oder dritte Fenster das letzte gewesen sein sollte) komme, gestützt auf eine richterliche Expertise, nicht in Frage, da dem Toten – wenn man so die im Widerspruch zur alten Gewohnheit abgeänderte Fensterfolge direkt oder indirekt als die am dritten Juli Zwölfhunderteinundvierzig verwirklichte erkläre – ein Disziplinarverfahren wegen Nichteinhaltung des Dienstweges drohe oder da dann zumindest, was postumem Rufmord gleichkäme, bei der Bevölkerung die Vermutung naheläge, er habe aufgrund laxer Dienstauffassung den Tod selbst verschuldet, dadurch die Bürger in Gefahr bzw. den Glauben an die Uneinnehmbarkeit der Stadt und an den Beistand Mariens durch die unvollendete Botschaft ins Wanken gebracht, oder weil man – sollte er glücklicherweise erst bei der vierten Strophe an dem dieser vorbehaltenen Fenster getroffen worden sein – aufgrund übereinstimmender Auffassungen von Musikexperten und Pädagogen übereinkam, die stündliche Schockierung der Bevölkerung bzw. der für die Touristen noch größere Schock, falls man das Lied dreimal zu Ende spielen, aber das vierte Mal naturalistisch abbrechen ließe, sei vermeidbar, wenn man durch eine viermalige Kürzung den Tod als Wiederholbarkeit institutionalisiere und dieser Art zugleich zu einer neuen Ausdrucksform, gleichsam einer Kennmelodie des Heroischen, übergehe, wobei zusätzlich der moderne Liedschluß den Anspruch, der tödlich Verletzte habe mit beispielhaftem Berufsethos unter Aufbietung aller Kräfte halb ohnmächtig bzw. bewußtlos bzw. in Agonie den Marathonläufer überholt, ergreifend symbolisiere – der Türmer habe in dreifacher Wiederholung bis zu dem Ton geblasen, dessen Höhe zu treffen der (durch das in den Lungenflügeln und in der Mundhöhle quellende aufgestaute stockende Blut) im Volumen verminderte Atemstoß vereitelt habe,

wenn nicht doch die Legende nur deshalb in Umlauf gesetzt worden ist, weil die Virtuosität der gestrichenen Tonsprünge einem Durchschnittstürmer nicht mehrmals täglich, wenn überhaupt, zuzumuten ist (weil man das Resultat eines volltrunkenen Treppensturzes ins Patriotische umstilisieren wollte; weil die Schwäche der Melodie einer plausiblen Straffung bedurfte oder weil für repräsentative Glocken der Turm zu baufällig bzw. noch immer kein Geld vorhanden ist),

sodaß der Türmer mit Rücksichtnahme auf das eine oder andere musikalische Gedächtnis die Tonreihe weiterhin so behutsam kürzen wird, bis einmal ein ungehörtes Schweigen erreicht ist, sofern er nicht vorher, sich selbst ein Gedenken, einen Ton früher als beabsichtigt abbrechen wird, ohne daß auch nur einer an etwas anderes denken wird als an das besonders glaubwürdig beschworene Jahr Zwölfhunderteinundvierzig

Hochwasser

als wäre eine Hochwasserkatastrophe nichts als der Vorwand für ein Spiel, in welchem die verschiedenen Hilfsmannschaften Geistes- und Muskelreaktionen auf alle nur denkbaren Wellenattacken an dem Platz, auf den sie eingeschult worden sind, demonstrieren sollten, ja als hätte jeder Helfer als ein potentieller Einbrecher oder Dieb (sei es auf sich allein gestellt, sei es als Mitglied einer Bande) die ehrwürdigen Gebäude der Stadt auf Einschleich- und Fluchtwege, auf imaginäre Gewohnheiten des Wassers, des noch abwesenden Besitzers, und die Kunstschätze auf ihre Demontierbarkeit mittels weniger Handgriffe und auf ihren raschen Abtransport in leidenschaftlichen Gedächtnisübungen studiert und außer einem Überraschtwerden auch noch unberechenbare Pannen genauestens einkalkuliert

(wenn auch redlicherweise hinzugefügt werden muß, daß die Beamten der städtischen Rettung und Polizei, die Männer der Freiwilligen Feuerwehr, der aus Jungarbeitern und Studenten spontan konstituierte Katastrophendienst durchwegs und auch die meisten der aus der benachbarten Garnison herbeigerufenen Pioniere in der Stadt aufgewachsen waren, wo ihnen vom jungen bzw. älteren bzw. alten Volksschullehrer die BenediktinerAbtei, schon im Frühmittelalter in der Greisenbetreuung verdient, das romanische Frauenkloster unweit des ihm unterstellten Waisenhauses und die gotische Kathedrale, nur durch das erweiterte Hospiz vom Stadtturm getrennt, die Gemäldegalerie im Alten Rathaus und die Sammlungen des Palazzo P in numerierten Merksätzen (unterteilt nach historischen kunsthistorischen soziologischen und theologischen Aspekten), unterstützt von schematischen Grundriß- Aufriß- und Seitenrißskizzen auf der Tafel (von allen zur Einübung der maßstabgetreuen Wiedergabe, zur Erfassung der Perspektive und als Anlaß zu Umfang- Flächen- und Volumsberechnungen in den Heften nachgezeichnet und mit Tusche ausgezogen), komplettiert durch altersgemäß eher symbolische oder möglichst naturgetreue Darstellungen von Details im Hausübungsheft nach Lehrwanderungen durch die Krypta, das Chorgestühl, zum Leben des Hl. A. auf der Bronzetür oder zum Märtyrer B. in der dritten Nische des rechten Seitenschiffes der Kathedrale, wiederholt und gefestigt in Strafen – sei es schriftlich in Form von Bildbeschreibungen, sei es mündlich als Rezitation der Bildlegenden in genauer Reihenfolge der an den Wänden hängenden Strophen – mit kleinen Berichtigungen in Rücksicht auf den neuesten Stand der Wissenschaft, aber in konstanter Wertschätzung durch mehrere Schülergenerationen wie das kleine Einmaleins beigebracht worden war, welches Wissen sie in den Ferien und manchmal als Erwachsene sonntags von zehn bis zwölf Uhr und von vierzehn bis sechzehn Uhr in unveränderten Sätzen den Fremden weitergaben, nur daß sich nach und nach jeder Stein in ein Juwel der Stadt, dann

der Region und schließlich des Landes verwandelt hatte),
fanden sich alle ohne irgendwelche Anzeichen von Nervosität, auch wenn es seit Menschengedenken keine Katastrophe ähnlichen Ausmaßes gegeben hatte, entsprechend den Anweisungen des Stadtkommandanten, eines ehemaligen Vorzugschülers, vor dem jeweiligen Gebäude ein, wenn sie nicht sofort das von selber wählten, welches ihnen mit Buntstiften und Tusche am besten geglückt oder durch Strafen zum Sinnbild des Schicksals geworden war.

vier hoben, als die Welle kam, das Leben des Wüstenheiligen, wie es der Lehrer in einer besonders anschaulichen Heimatkundestunde mithilfe der Klassentür demonstriert hatte, aus den Angeln und verluden es auf einen Lastwagen, bevor die Feuerwehrmänner, in deren Stiefeln das Wasser schon beträchtlich stieg, das gesamte Chorgestühl, wobei sie zur Anfeuerung anstelle eines Ho-ruck die Namen der Schnitzer und deren Lebensdaten skandierten, auf einen sicheren Hügel schafften, während die Rettung die Sarkophage aus der Krypta auf Tragbahren ins Freie schleppte und dann mit heulenden Sirenen alle Gemälde in den höhergelegenen Stadtteil evakuierte, wie auch die Pioniere in unermüdlichem Einsatz mit den Skulpturen, unterm Overall an sich gepreßt, da der Schlamm bedenklich hoch spritzte, keuchend das Kloster verließen, während eine Jugendorganisation für den Fall, daß noch ein Beben entstünde, auf schwankenden Leitern die Kristalluster mit weichen Decken umwickelte und Figuren ohne

Standfestigkeit aus den höchsten Nischen herunterholte und die zusätzlich herbeibeorderte Luftwaffe selbst die weniger wertvollen Tapisserien mit Hubschraubern auf den Dachgarten des Hilton-Hotels ausflog und auch den Altaraufsatz durch die Fensteröffnungen seilte, sodaß der Pannenhilfe Zeit blieb, die ehrwürdigen Glocken aus Übervorsicht mit Rostschutz zu salben und Nylonsäcke über die Denkmäler zu stülpen, bevor man sich nach der Aufstellung von Wachposten in Booten im dank seiner Lage völlig verschont gebliebenen Rathaus zu einer Pressekonferenz und kleinen Trophäenschau einfand, bei der der Stadtkommandant stichprobenweise die von der Presse vorgeschlagenen Namen der Heiligen und Götter aufrief, der Retter mit einem „hier!" die Hand hob und kurz die Legende, wie er mit diesem oder jenem auf den Schultern die Strömung so behutsam durchquert hatte, daß nicht einmal ein Wassertropfen das blaue Kleid, die Flammen des Scheiterhaufens, den von Pfeilen gespickten Leib oder auch nur ein Schlammspritzer die Schaumgeborene berührt hat, darbot.

nur als einer das Jesukind, samt Krippe aus der Sakristei getragen, mit dem Taschentuch der geringfügigen Schlammspuren entledigt, der Rettungsarzt die Kerben im Gesicht des wurmstichigen Abraham voll Anteilnahme auf eventuelle Schäden untersucht und gleichzeitig der Prior, der einzige Ehrengast, die hundertzwanzig mal hundertsechzig Zentimeter große Sintflut auf den Tisch stemmt und betont, daß eine Restaurierung unmöglich gewesen wäre, plötzlich Totenstille.

Tosca

Tosca - 1
der kleine Sardou stößt – wie schon oft – seine Katze vom Kirschbaum, entdeckt aber dann, daß sie tot ist

Tosca 0
im Kopf des mittlerweile erwachsenen Sardou vermischen sich das Kindheitserlebnis mit der Katze, Erinnerungen an den Geschichtsunterricht und an eine Zeitungstragödie aus Sizilien so lange, bis eine Sängerin Floria Tosca entdeckt, daß ihr angeblich nur zum Schein hingerichteter Geliebter Cavaradossi wirklich hingerichtet worden ist

Tosca 1_1
ohne den Beistand Puccinis hat Sarah Bernhardt stumm zusammenzubrechen, aber die mit den Ohren wackelnde Leiche des Geliebten zwingt sie, das aufsteigende Gelächter mit schrillem Schluchzen zu korrigieren

Tosca 1_2
die Operndarstellerin der Sängerin Floria Tosca hat das Entsetzen der Tosca, daß der Geliebte nicht nur zum Schein, sondern wirklich erschossen worden ist, glaubhaft zu machen, und die nach einer dieser Aufgabe gewidmeten Pause wiedereinsetzende Musik erlaubt ihr, endlich zu schreien aufzuhören

Tosca 2
die Darstellerin der Floria Tosca beugt sich mit einem Opernaufschrei über den toten Cavaradossi, starrt dann ins Publikum, da sie begreift, daß der CavaradossiDarsteller wirklich tot ist

Tosca 3
die die als Tosca berühmt gewordene Sopranistin M. J. darstellende Filmschauspielerin G. L. hat durch den Wechsel von Operntheatralik zu Hollywoodpathos glaubhaft zu machen, daß sie auf der Bühne nach dem gespielten Entsetzen über Cavaradossis Tod mit Entsetzen entdeckt, daß der Darsteller des Tenors, ihr Filmgeliebter, durch einen Schuß ihres ihr nun aus den Kulissen ironisch zulächelnden Filmgatten getötet worden ist

Tosca 4
die die als Tosca berühmt gewordene Sopranistin M. J. darstellende Filmschauspielerin G. L. entdeckt während der Dreharbeit mit Entsetzen, daß der laut Filmdrehbuch von ihrem Filmgatten aus Eifersucht scheinbar wirklich getötete Darsteller des Tenors im Augenblick der Exekution bzw. der Ermordung seinem Herzleiden erlegen ist

Tosca 5
die TV-Schauspielerin A., die in einem TV Spiel über die tragische Geschichte eines Kinofilms die die als Floria Tosca besonders berühmte Sopranistin M. J. darstellende Filmschauspielerin G. L. spielt, hat laut Drehbuch glaubhaft zu machen, daß sie als die Schauspielerin G. L. eben erlebt, daß der

laut Filmdrehbuch scheinbar wirklich getötete Filmdarsteller des Tenors wirklich tot ist, und erkennt in diesem Augenblick, daß ihr TV-Partner den mehrmals wiederholten und nun besonders eindringlich geglückten Todessturz nicht überlebt hat

Tosca 6
die TV-Schauspielerin B., die in einem Dokumentationsspiel über die Zwischenfälle während der Dreharbeiten des TV-Spieles über den ToscaFilm den Nervenzusammenbruch der TV-Kollegin A. vor der Leiche des TV-Kollegen T. nun mit dem Kollegen K. wiederholen soll, schreit auf, als der Partner einige Sekunden nach der Exekution durch umstürzende Lampen in den tödlichen Stromkreis gerät

Tosca 7
beim Lokalaugenschein vor dem von der Versicherungsanstalt und der Gattin des Schauspielers T. bzw. K. angestrengten Prozeß gegen die Fernsehgesellschaft beginnt der den verunglückten TV-Schauspieler K. markierende Beamte zu toben, da er die Erklärungen über die verschiedenartigen Todesschichten der Rolle nicht begreift, muß überwältigt und weggeschleppt werden

Tosca 8
schon am zweiten Tag des großen ToscaProzesses läßt der Vorsitzende, als er einen ersten Blick hinter die Kulissen getan hat, die Verhandlung unterbrechen und erhängt sich auf dem Klosett

Tosca 9
die für heute angesetzte Premiere der „Tosca“-Neuinszenierung wird aus technischen Gründen durch eine Repertoire-Vorstellung der „Madame Butterfly“ ersetzt, Karten werden zurückgenommen

Kirschen

als wir auf einem unserer allabendlich gleichen Urlaubsspaziergänge in den Wald einbiegen, linkerhand vor dem Hügel mit dem Haus die Wiese gemäht, und, einmal den Hügel zu umgehen, diese betreten; beschließen aber, als wir dann oben beim Haus einen Kirschbaum sehen, hinaufzugehen und zu fragen, ob sie uns ein paar Kirschen verkaufen würden, und als wir uns im Näherkommen das Haus noch nie gesehen zu haben versichern und uns trotzdem so ist, als hätten wir es vor langem auf einem Kirchenbild gesehen, aus dem Hausgarten oder Hausflur eine Frauenstimme:

siehst du, jetzt kommen sie, ich habe ja gewußt, daß sie noch in diesem Jahr kommen werden und daß es die beiden sind, die jeden Juliabend an der Weide auftauchen und im Wald verschwinden, ich habe es dir mit den Worten, daß er die Jacke umhängen haben und sie ein paar Kornblumen in der Hand halten wird, angedeutet, nur daß es noch vor den Weichseln sein wird, habe ich nicht geahnt. sieh nur, sie kommen geradewegs, wie ich dir gesagt habe, auf den Garten zu, gleich wird sie eine Kirsche aufheben und kosten, bald wird sie Guten Abend! gesagt und er oder beide die Frage gestellt haben, aber heute habe ich nicht ein einziges Mal gespürt, daß es heute noch sein wird, wo die Körbe und Leitern für morgen schon bereitstehen und in einer Stunde die Frage wegen der Dunkelheit nicht mehr eintreten könnte –

aber letztes Jahr habe ich doch begriffen, wenn auch bald zu vergessen gesucht, es würde spätestens während der nächsten Herzkirschen sein, warum sonst hätte ich damals zwar dankbar zugesehen, als der Hagel alle zerschlug, aber zugleich schweren Herzens gedacht, daß das Jahr darauf wohl nicht wieder ein Hagel geschickt werden würde, warum hätten wir letzten April, als der Frost während der Blüte zurückgekommen ist, noch einmal Hoffnung gefaßt, ich habe dich in der sternklaren Nacht ans Fenster treten und vor dem Thermometer wieder lächeln sehen, wozu hätten wir, als wenigstens ein paar Amseln meine Schutzengel waren, noch gestern den Umweg um den Baum gemacht und heute nacht dem Gewitter vertraut, selbst vor einer Stunde noch habe ich wieder, eine überreife Kirsche in der Hand, gehofft, es würde frühestens zu den nächsten sein, nicht einmal zu den heurigen Weichseln, da ist ihr Urlaub längst vorbei, aber man glaubt ja allzu gerne jedem Jahr, es werde einem einen Aufschub schenken, und ich habe dir doch schon an dem Tag, an dem ich dir zum ersten Mal die Leiter gehalten habe, gesagt, eines Tages werden sie, ob die Kirschen noch grün oder schon abgeerntet sind, kommen und ‚würden Sie uns ein paar Kirschen verkaufen?' sagen, dann ist es so weit und dann ist es besser, wir sind mit Kirschen auf ihre Frage vorbereitet, als daß ich ‚nein!' und trotzdem ja sagen muß, und nun kommen sie, wie ich es vor mir gesehen habe, sie hat sogar die Kornblumen in der Hand, und von Jahr zu Jahr hast du mir weniger widersprochen. sie werden durch die Wiese kommen, habe ich dir gesagt, aber das Gras nicht zertreten – es hat mich immer gerührt, wenn du, um mir zu beweisen, daß du es nicht glaubst und daher auch keine abergläubischen Vorkehrungen treffen willst, die Wiese gemäht oder die Kuh und das Schaf dort angepflockt und mit der Ernte bis zur vollen Reife gewartet hast: du hättest, das weiß ich, wenn du zu früh zu pflükken begonnen hättest, die Frage nicht verhindern können, sondern hättest nur erreicht, daß sie früher, als mir bestimmt ist, gestellt worden wäre, wie du mich, wenn du dort Erdäpfel gesetzt oder das Gras gedüngt hast, nicht beruhigen können hast, denn sie hätten die Wiese des Nachbarn herunterkommen oder die unsere im Frühling oder im Winter betreten können, um blühende Zweige um Barbarazweiglein zu erbitten, denn sie würden genau so ‚würden Sie uns ein paar Kirschzweige verkaufen?' gesagt haben können, wie ich es einmal geträumt habe, ja sie hätten sich auch versprechen und statt ‚Kirschen' ‚Tannenzweige' sagen können, ich hätte ja doch ‚Kirschen' gehört, jedenfalls gewußt, welche Botschaft sie bestellen müssen; ich habe schon als Kind gewußt, wenn ich Kirschen mit einem Doppelstengel an meine Ohren gehängt und mich in den Spiegel geschaut habe, daß die beiden kommen und den Satz sagen würden, ich habe dir an unserem ersten Abend unter dem Baum erzählt, wie sehr ich zum ersten Mal mit Kirschen an den Ohren vor dem Spiegel erschrocken war, und du hast, was ich gemeint habe, verstanden, denn du hast mich ‚hast du je eine Kirsche gegessen oder Kirschenkuchen oder Kirschenkompott?' gefragt – da habe ich die eine, die du dabei gepflückt und mir entgegengehalten hast, genommen, gegessen und dir erzählt, vor Kirschenkompott hätte ich eigentlich nie eine Gänsehaut bekommen, da ich sicher war, der Baum, von dem die Mutter für dieses die Kirschen zu pflücken pflegte, würde nicht mehr lange stehen, jedenfalls nicht lange genug, und hätte jedesmal einen Kern, wenn die Mutter nicht hersah, über den Tisch gespuckt, als ob ich so, was ich dir verschwiegen habe, auf mein Schicksal spucken und den Satz ‚würden Sie uns . . .?' vereiteln könnte, und außerdem habe ich mich, sobald die letzten Kirschen zugedeckt auf dem Herd standen, getröstet, daß der Satz nun nicht mehr kommen könnte, und überdies hat es Kirschenkompott meist erst im Winter gegeben, und wie hätte da jemand, habe ich wenigstens damals geglaubt, vor dem Baum die Frage stellen können! wahrscheinlich habe ich dir auch gesagt, daß ich vor jedem geöffneten Glas Kirschen zwar gehindert wurde, erst vor den Blüten daran zu denken, aber so habe ich mich an den Gedanken gewöhnt und mich von Jahr zu Jahr weniger vor den kirschblauen Lippen der Geschwister gefürchtet und mich bei Kompott immer seltener mit dem Gedanken gequält, der Satz könnte an meine Eltern gerichtet werden, um noch für mich als Kind zu gelten, oder im Spaß an mich selber, er hätte ja ‚mein kleines Fräulein' beginnen können, und mit jedem letzten Löffel habe ich mir gesagt, ich würde einmal in die Stadt oder in ein Land ohne Kirschbäume ziehen, wer sollte dann den Satz an mich richten können; aber vor jedem Kirschenstrudel, so gut er mir dann auch geschmeckt hat, habe ich gewußt, daß nichts von dem, was sein wird, nicht sein wird, nicht einmal die Gewißheit, der Baum, der der meine sein wird, sei erst ganz jung und befinde sich auf einer mir noch lange unbekannten Wiese, die beiden seien wahrscheinlich noch gar nicht geboren, hat mir aus der Angst geholfen, auch nicht die Probe, ob es ohne die beiden möglich wäre, indem ich auf frische Kirschen viel Wasser trank, was ich dir nicht erzählt habe, denn dann hättest du dich vielleicht nicht für mich entschließen können. aber am Tag unseres ersten Kindes habe ich dir nicht verschwiegen, daß ich damals jedes Jahr ein paar unreife Kirschen gepflückt und zertreten habe – nur als der Baum nach einem Sturm umgeschnitten worden war, hat mich der Fleck in der Wiese bis in den Winter an den Baum, der sein wird, erinnert, und einmal habe ich im Traum, lang, bevor du zum ersten Mal in unseren Garten tratest, das Haus, in dessen Flur ich lehnen würde, wenn die beiden kämen, deutlich vor mir gesehen, und als ich dann den Baum in deinem Garten sah, habe ich deiner Frage sofort zugestimmt und hätte das auch getan, wenn du mir weniger gefallen hättest, und so bist du ein Teil meines Schicksals geworden.

jetzt, wo sie, wie ich es dir beschrieben habe, eine Kirsche aufhebt und gleich kosten wird, danke ich dir, daß du, als du während meiner Krankheit endlich begriffen hattest, den Baum doch nicht umgeschnitten hast, denn dann hätte ich wohl in ein Haus mit einem gleichen Baum, nur ohne dich, ziehen müssen, und er war doch an deinem Geburtstag für mich gesetzt worden – selbst du hast, als ich wieder gesund war, mir eingestanden, du habest als Kind geträumt, daß dich die mehr an deine Frau als an dich gerichtete Frage, ob ihr ein paar Kirschen verkaufen würdet, einmal sehr traurig machen wird.

eines habe ich dir – schau hin, sie kostet schon –, auch wenn du mich, wo ich gewesen sei, gefragt hast, nie erzählt, ich hätte mich schämen müssen:

Kirschbäume in fremden Gärten waren mir eine Beruhigung, wie es Kindern, die ihre Eltern ängstlich lieben, die Großeltern sind – wie viele zwei andere, habe ich mir gesagt, würden nicht vor anderen Bäumen früher als meine beiden die Frage stellen, denn ich wollte glauben, daß für alle Menschen der mir bestimmte Satz gilt, und so bin ich manchmal, um zu wissen, wie es sein wird, um mich an den Satz zu gewöhnen und seine Notwendigkeit zu begreifen, mit dem Personenzug zwei Stationen weit gefahren und habe mit der Bitte, daß aus dem Spiel noch lange nicht Ernst werden möge, zuerst vor abgeernteten oder blühenden, dann übervollen Bäumen die Frage gestellt, wie ich als Kind nach dem Tod des Vaters, dem ich als Erkennungszeichen für das Wiedersehen ein paar Kirschen zwischen die gefalteten Hände gesteckt hatte, am Gartenzaun Spaziergängern Kirschen angeboten hatte – nicht, um das Schicksal herauszufordern, sondern nur um zu sagen, daß ich, wann immer die beiden geschickt werden würden, da wäre; es hat mir wohl getan, daß nach dem ‚leider, wir haben keine mehr (noch keine)', das mir das Glück zwischen September und Mai verlängert hat, fast ein jeder, ohne sich lange zu bedenken, sich bereit erklärt hat, und vor der Frau, die mich mit der Antwort, sie müsse erst ihren Mann fragen, am Zaun stehen lassen hat, wie vor der mit der Ausrede, es sei zur Ernte zu zeitig und außerdem müsse sie nun ihr kleines Kind versorgen, habe ich mir geschworen, keine Schwierigkeiten zu machen, das macht es seinen Lieben nur schwer, und gewünscht, sie würden kommen, wenn du mit den Kindern im Wald wärest, aber ich bin dankbar, daß du, wie ich schon lange weiß, nun neben mir bist und ihnen, wonach sie fragen werden, geben wirst, denn ich bin einverstanden.

siehst du, setzte sie fort, als wir stehen blieben, jetzt zögern sie, auch das habe ich gewußt, denn nun ahnen sie, wozu sie durch ihren plötzlichen Appetit auf Kirschen bestimmt sind, aber sie können nicht mehr zurück. und du darfst dir keine Vorwürfe machen, daß du heuer das Schild ‚Kirschen zu verkaufen' am Wegrand aufzustellen vergessen hast, du hättest damit der Frage doch nicht zuvorkommen können, oder daß du mir damals, als ich aus dem Spital entlassen worden war, daß ein junger Mann und ein Mädchen, ob wir ihnen ein paar Kirschen verkaufen würden, angefragt hätten, erzählt hast – du hast mir gewiß keine falschen Hoffnungen gemacht und mich auch nicht zu Sorglosigkeit verleitet: ich habe gewußt, wie gut du es meintest, und so war ich auch wirklich viel heiterer, aber ich habe natürlich gewußt, daß, wenn überhaupt jemand da gewesen war, nicht meine beiden es gewesen waren, nicht an meinem Tag,

und jetzt geh hinein, ohne etwas zu sagen, oder haben wir uns nicht schon zu Weihnachten, als die

Barbarazweiglein nicht aufgeblüht waren, verabschiedet? ich weiß, wie es sein wird, denn ich bin ihnen schon einmal, als mich der Ast fast getroffen hätte, im Wald begegnet, sie hat Guten Abend! gesagt und er hat freundlich gelacht, und so wird es gleich sein, auch wenn er damals den Rock angehabt und sie Mohnblumen in der Hand gehalten hat,

und da waren wir schon vor dem Haus, die Frau trat aus der Tür, ich sagte, wie sie es gesagt hatte, Guten Abend!, und da sie ‚bitte sagen Sie, was Sie wollen!' wiederholte, stellten wir die Frage, die wir, da die Kirschen überreif waren, nicht mehr gestellt hätten, wenn uns etwas anderes eingefallen wäre.

Tisch

und hier das Arbeitszimmer des Dichters. zwischen Tür und Fenster ein Tisch und ein Sessel, der Tisch – warum, werden Sie später wissen – eine Kopie des Originalzustandes von 1974, und auf dem Tisch neben einigen gut erhaltenen Schreibgeräten ein leeres Blatt, wie für Sie eine Enttäuschung für den Dichter jeden Morgen eine Aufforderung, der er in einem stundenlangen Hin und Her zwischen Fenster und Tisch oder einem Rund um Tisch und Sessel – sehen Sie nur die Geraden und Ellipsen im Linoleum! – zugleich ausgewichen als auch nachgekommen ist

nun aber zum Tisch: die Tischplatte, als der Dichter nach zehnjähriger Suche nach seiner Kunst sich hier eingemietet hat, 2,5 cm dick, nach seiner letzten Erzählung 0,2 cm, da er nach jedem Schlußsatz, um immer neu zu beginnen, einen Millimeter abgeschliffen hat, und außerdem bis zum Ende seiner lyrischen Periode – ihm bekanntlich jede Zeile eines Gedichtes ein mit Wörtern begrenzter Ausschnitt aus einer sich ins Unendliche fortsetzenden Linie – die Tischplatte rund, nämlich, wie Sie hier sehen, ein Querschnitt durch eine dreiundfünfzigjährige Eiche, in welchem Alter er nach dreißig Arbeitsjahren

nach den ersten Prosaversuchen, wie wir heute wissen, mit der Säge dem Rindenkreis ein Rechteck eingeschrieben, um der ersten Erzählung das

Maß von drei mal zwei Blatt zu unterlegen, und er hat die Säge in Übereinstimmung mit dem DreiPhasenweg seiner Erzählungen während jeder Erzählung dreimal verwendet, und somit jede Erzählung auch ein Teil der Geschichte des Tisches:

über den Tisch gebeugt um den Mittelpunkt (= ein Objekt, das ihm eine Geschichte enthält) den ersten Ring eines einfach formulierten Sachverhaltes gelegt, dann in konzentrischen Kreisen (= mögliche Veränderungen des Objektes durch ein Zusammentreffen mit anderen Objekten) die dem Objekt innewohnenden Spannungen (= nach Erweiterung drängende Sätze) der Peripherie entgegenwachsen lassen, dann aber, um aus den möglichen Betrachtungsweisen eine bestimmte auszuwählen, den Sessel an eine Tischseite gezogen und den in sich geordneten Sachverhalt mit einem Ich zum Schnitt gebracht, dieses dann von der gegenüberliegenden Seite durch ein konträres Ich ersetzt und die Geschichte als Geschichte eines anderen noch einmal geschrieben. zuletzt von einer der verbleibenden Seiten mit dem Korrekturstift die Zweige abgehauen und die Äste gekürzt und, was sich zwischen Wurzeln und Wipfel begeben kann, auf das reduziert, was sich dem Querschnitt einer Eiche im allgemeinen (im besonderen) ablesen läßt.

nach der letzten Erzählung das, was Sie hier in der Vitrine sehen und was manche von Ihnen für eine Hostie gehalten haben, vom Tisch übriggeblieben – das Muster nicht die Maserung, sondern der Abdruck seiner Schrift, und durch die behutsame Umfassung mit der linken Hand während des Schreibens das Rechteck fast wieder ein

Kreis (und wahrscheinlich deshalb die letzte Erzählung seiner frühen Lyrik ähnlich)

in diesen Nylonsäckchen mühsam zusammengetragene Fragmente der Erzählungen, die der Dichter allesamt vor seinem Tod dem Wald als Fackel zurückgegeben hat – nach neuesten Forschungen diese Asche die Erzählung „Stammesgeschichte“